KB214526

Dh.고
일상 속의 건강

Dh. 고, 일상 속의 건강

글쓴이 고영진

1판 1쇄 인쇄 2024. 10. 20.
1판 1쇄 발행 2024. 10. 30.

펴낸곳 예지 | **펴낸이** 김종욱
편집 디자인 예온

등록번호 제 1-2893호 | **등록일자** 2001. 7. 23.
주소 경기도 고양시 일산동구 호수로 662
전화 031-900-8061(마케팅), 8060(편집) | **팩스** 031-900-8062

ISBN 979-11-87895-51-0 03810

예지의 책은 오늘보다 나은 내일을 위한 선택입니다.

Dr.고
일상 속의 건강

Health in everyday life

고영진

최고 재활의학 전문의가 알려주는
유쾌한 건강 이야기

예지
Wisdom Publishing

들어가며

　　의과대학 교수로 정년을 맞는다는 것은 행복한 일이다. 65세까지 학생, 전공의, 선후배 교수들과 함께 건강하게 일하고 가정으로 돌아오는 것이니 축하받을 만하다.

　　예전에는 선배 교수가 정년퇴임을 맞이하면 '교실(전공과목이 같은 교원들의 집단)'이 좀 바빠졌다. 준비할 일이 많아지기 때문이다.

　　정년퇴임을 할 교수가 그간 발표한 논문을 모아 논문집을 만들고, 다양한 기고문이나 활동했던 사진을 모아 기념 책자도 만들어야 한다. 또 시내 특급호텔을 예약하고 수백 명의 손님을 초대하는 성대한 정년퇴임식을 준비해야 한다.

　　그러나 김영란법이 발효되고, 3년이라는 COVID-19 시기를 겪으며 이런 풍습에 커다란 변화가 찾아왔다. 교수 퇴임식은 의과대학이나 병원의 월례 조회 시간에 퇴임 교수들 모두가 합동 퇴임식을 간단하게 거행하는 것으로 변했고, 각 교실에서

도 정기적으로 주최하는 교실 학술세미나가 개최되는 날 교실
원들과 간단하게 식사하는 정도의 퇴임식으로 간소화되었다.

　나 역시 정년퇴임을 맞이하며 논문집을 제작하거나 화려
한 퇴임식을 하고 싶은 생각은 없었다. 그러나 정년을 1~2년
앞두고 40여 년간 의사로 생활하면서 가끔 기록하였던 이런저
런 이야기들을 모아 책으로 만들어볼까 생각하며 원고를 정리
하였다.

　몇십 꼭지 이상의 이야기가 정리되었고, 아내에게 보여주
니 책 한 권 발행하는 데는 충분한 분량이라 하였다. 그러나 이
런 계획은 정년을 앞두고 연구실을 정리하며 포기하게 되었다.

　그동안 받았던 논문집, 병원이나 교실의 창립 몇 주년 기
념 책자, 감사패, 액자 등을 과감히 정리했는데 그중에 선후배
들로부터 받은 많은 수필집, 시집, 취미 사진첩 등을 보며 내가
계획했던 책자 출판이 부질없는 일이라 여겨졌다. 동료나 선후
배들에게 최우선으로 정리될 쓰레기를 만드는 게 아닌가 하는
염려였다.

　퇴임식이 끝나고 얼마 후 가깝게 지내던 신부님과 식사를
하게 되었다. 합동 퇴임식 때의 내 소감이 감동적(?)이었다며
혹시 모아놓은 글이 있으면 출간을 해보는 게 어떻겠느냐고 용
기를 주었다.

　그리하여 1년간의 망설임 끝에 원고 정리를 시작했고, 이
번에 이 책이 세상에 나오게 된 것이다.

차례

❷

Dr. 고

시골 의사
이야기

❸

Dr. 고

종합병원
이야기

4

Dr. 고

건강, 운동
이야기

Dr.고

일상, 동물, 여행 이야기

애완 상추

〜

20년 가까이 살던 아파트가 재건축이 결정되어 이주하게 되었다. 근무하는 병원 근처의 집값이나 전세 비용은 재건축 조합에서 마련해 주는 이주비로는 감당하기 어려운 수준이었다.

우리는 큰아들 내외가 살고 있는 동네로 거주지를 옮기기로 했고, 적당한 집을 물색하던 중 공인중개사 동창의 도움으로 25년 가까이 된 조금 낡은 아파트로 이사 가기로 결정했다. 전세를 살면 2년마다 이삿짐을 싸야 하는데 재건축은 4년이나 걸린다니, 혹시 집값이 떨어지더라도 이사 다니는 번거로움은 피할 수 있어 구입하기로 집사람과 합의를 보았다. 전에 살던 집보다 넓은 집인데 강남에서는 전세 구하기도 어려운 가격에 구입할 수 있었다.

Dr. 고_일상, 동물, 여행 이야기

수리 후 이사를 갔는데 예전보다 넓은 베란다를 보니 여기에 뭔가 심으면 좋을 것 같았다. 그래서 양재동에 가서 화분과 흙, 상추와 쑥갓 모종을 사 와 길러 보기로 했다.

매일 아침저녁으로 물을 주고 잘 자라라고 다정하게 말도 걸어 주며 새로운 소일거리에 한창 재미를 붙였다. 그때 알았는데, 저녁에는 상추가 싱싱하고 꼿꼿하게 서 있다가 아침에는 조금 처져 있는 듯했다. 아침에 물을 먹고 낮에 햇빛을 받으면 상추도 활기차지는 것 같았다.

정성을 들인 만큼 상추와 쑥갓은 튼튼하게 자라 주었고, 너무 촘촘히 심었는지 화분이 터질 지경이 되었다.

얼마 후 주말에 아이들이 집에 왔다. 아내가 상추 좀 잘라 오라고 해서 가위를 들고 베란다로 나갔는데 차마 자를 수가 없었다. 말로 표현하기 어려운 묘한 감정이었는데 상추가 아프다고(?) 내게 말하는 것 같았다. 상추를 사 오든지, 상추 없이 고기를 먹자고 했더니 아내의 표정이 묘했다. 무슨 바보 같은 소리냐는 눈치였다.

이번에는 아내가 가위를 들고 베란다로 가더니 이내 빈손으로 돌아왔다.

"상추는 사다 먹는 걸로…."

아내도 비슷한 느낌을 받은 걸까?

그 후 상추와 쑥갓은 우리의 사랑으로 무럭무럭 자라 노란 꽃을 피우며 장수한 뒤 생을 마감했다.

구순이가 그립다

∽◦

　우리가 사는 아파트 베란다 밖은 조그만 숲이 있어 사람들이 다니지 않는, 막힌 공간이다. 언덕에 위치한 아파트 8층이지만 커다란 나무 두 그루가 베란다 가까이 있어 그런지 아침이면 참새들이 떼 지어 몰려와 합창하곤 한다.

　동물 애호가인 아내는 베란다 밖에 있는 에어컨 실외기 위에 새들을 위한 목욕탕(?)과 식당(?)을 마련해 놓고 매일 아침 저녁으로 모이와 물을 제공해 주고 있다. 처음 몇 달간은 찾지 않던 참새들이 지금은 시도 때도 없이 찾아와 물을 마시고, 모이를 먹고, 목욕을 한다. 찾아오는 손님도 점차 늘어 몇 년이 지난 지금은 참새뿐만 아니라 직박구리, 까치, 멧비둘기, 까마귀 등의 휴식처가 되었다.

새들이 찾아와 몸단장을 하고 모이를 먹는 모습이 재미있어 한참 바라보곤 한다. 나보다도 길고양이 출신인 우리 집 하늘이는 이런 새들을 1열에서 구경하는 단골손님이다. 방충망 때문에 나갈 수는 없지만 새들이 몰려와 노는 모습을 하염없이 바라보며 가끔은 잡으려고 앞발을 휘젓기도 한다. 하, 안타까운 하늘이….

아파트에도 아내가 동물 사랑꾼이라는 소문이 조금 났는지, 어느 날 "주차장 계단에 맹금류인 독수리 새끼(?)가 있는데 둥지에서 떨어진 것 같다."고 같은 동 아주머니한테 연락이 왔다. 내가 수의사도 아닌데 가끔 이런 연락을 받으면 당혹스럽기는 하지만 새끼를 외면할 수 없어 구조에 나섰고, 집으로 데려오게 되었다.

부리 끝이 살짝 구부러져 있고, 두 눈은 부리부리하며, 전체적인 색깔이 거무튀튀한 게 영락없는 맹금류였다. 조그만 게 성질도 보통이 아니어서 근처에 가면 막 쪼아대며 사람의 접근을 몹시 경계했다. 우선 베란다에 모시고(?) 물과 모이를 주면서 안정을 취하도록 했다.

며칠 지나며 새끼는 안정을 찾았다. 물과 모이도 잘 먹고, 날지는 못하지만 열심히 돌아다니며 많은 양의 똥을 우리에게 선물했다.

서울 한복판에 독수리 새끼가 나타났다는 것이 믿어지지

않아 이놈의 정체를 알아보기로 했다. 이리저리 인터넷을 뒤지다 똑같이 생긴 새끼 새를 발견했다. 멧비둘기 새끼였다! 우리는 '구순이'라는 이름을 지어 주었다. 구순이는 점점 자라며 솜털이 사라지고 얼룩덜룩한 멧비둘기 모습으로 변신했다.

3주 정도 지났을 무렵 아내와 상의하여 자연으로 돌려보내기로 했다. 구순이는 베란다 안을 자유롭게 날아다니다 화초 위와 빨래걸이에서 휴식을 취하기도 하고 열심히 모이도 먹으며 자연으로 돌아갈 준비를 하는 듯했다.

어느 날 베란다 창문을 열어 주고 잠자리에 들었다. 그러나 다음 날 아침에 일어나 보니 구순이는 아직도 베란다 화초 위에 다소곳이 앉아 있었고, 우리를 바라보는 듯했다.

그날 저녁 퇴근해 보니 베란다의 구순이는 자유를 찾아 훨훨 날아가고 없었다. 건강하게 자연으로 돌아간 것은 너무나 좋은 일이지만 가끔 구순이가 그립다.

오늘도 베란다 밖 실외기 위에서 멧비둘기 몇 마리가 목욕을 하고 있다. 혹시나 구순이가 아닌가 바라보지만 알 길이 없고, 가끔 우리 쪽을 바라보는 멧비둘기를 보면 구순이일 거라고 우겨 보기도 한다. 또 구순이가 박씨를 물고 찾아올 거라는 실없는 이야기를 아내와 주고받으며 웃곤 한다.

바나나 향기

～๑ะ

　1960년대 초등학교 시절을 생각하면 여러 가지 감정이 교차한다. 모두들 가난했지만 그래도 순박하고 오가는 정이 많았던 시절이다.
　내가 다녔던 초등학교는 1960년대 초 경기도에 속해 있다가 서울특별시로 편입된 지 얼마 되지 않아 행정구역상 서울특별시지만 도시 이미지라고는 찾아볼 수 없었다. 많은 마을이 은행나무골, 새재미, 말미, 박미… 등등 시골 냄새가 흠씬 나는 이름으로 불렸다.

　초등학교 5학년 때로 기억된다. 우리 반에 부잣집 친구가 있었다. 아버지가 동네에서 병원을 운영하는 의사였는데, 아마도 우리 학교에서 의사 아버지를 둔 아이는 그 친구가 유일했던 것으로 기억한다. 집은 2층 양옥이었고, 옆에 입원실이 딸린 병원이 있었다. 가끔 집에 놀러 가면 처음 보는 간식이며 과자 등을 맛볼 수 있어 많은 아이들이 그 친구를 따랐다.

그 친구와 나는 친하기도 했지만 약간의 라이벌 의식도 있었다. 나는 그 친구보다 좋은 시험 점수를 받으려고 노력했고, 그 친구도 내게 지고 싶은 생각이 없었던 것으로 기억한다.

그 당시 무척이나 기다려지는 학교 행사 중 하나가 소풍이었다. 소풍날에는 김밥, 삶은 달걀, 사탕, 사이다를 먹을 수 있어서 설레는 마음에 전날 밤을 설치곤 했다. 그해에도 봄소풍인지, 가을소풍인지 기억이 가물가물하지만 보물찾기 놀이도 하고, 이리저리 뛰며 신나게 놀다가 점심시간이 되었다.

모두 둘러앉아 김밥을 먹기 시작하는데 그 친구가 가방에서 바나나 한 송이를 꺼냈다. 모든 아이들의 시선이 그 바나나에 쏠렸다. 나도 그림책에서만 보았지 실물을 보는 것은 처음이었고, 그 맛이 어떨까 몹시 궁금했다.

그 친구가 주위의 몇몇 아이들에게 먹어 보겠냐고 물어본 뒤 하나씩 나눠 주었고, 그걸 받아 든 아이들은 너무나도 맛있게 바나나를 먹었다. 하지만 나는 못 본 척 외면하였고, 그 친구에게 바나나 먹고 싶다는 말을 안 했다.

바나나가 점점 줄어드는 것을 곁눈으로 확인할 수 있었고, 어렴풋이 마지막 하나만 남은 것을 느낄 수 있었다. 그때 그 친

Dr. 고_일상, 동물, 여행 이야기

구가 말했다.

"바나나 먹을래?"

절대 먹고 싶지 않다고 말하려고 결심했지만 내 의지와 다른 대답이 튀어나왔다.

"어!"

그 친구가 하나도 아니고 절반을 잘라서 주었지만 거절하지 못하고 받아서 입에 넣었다. 그 순간 입속에 퍼지는 바나나 향기, 생전처음 맡아 보는 오묘한 내음, 씹지도 않았는데 입속에서 사르르 녹던 그때의 그 바나나가 지금도 내 평생 가장 맛있었던 과일로 기억된다.

5학년 말쯤 서울에서는 중학교 입학시험 제도가 폐지되었다. 그 친구는 좋은 중학교에 진학하기 위해 전학을 간 것으로 기억한다.

요즘도 바나나를 보면 초등학교 시절 소풍 갔던 추억과 병원 집 아들이었던 그 친구 생각이 난다. 그 향기로웠던 바나나 내음과 함께.

풍금과 옥수수빵

～⦿

오늘 외래로 제자가 찾아왔다. 의과대학 시절 내가 자문 교수를 맡았고, 대학 졸업 후에는 재활의학을 전공하여 이제는 같은 교실원이 된 제자다. 병원 앞을 지나다 들렀다며 케이크를 사 들고 찾아와 지난 이야기를 한참이나 하다 갔다.

제자가 놓고 간 케이크 상자에 그려진 옥수수 그림을 보니 오래전 초등학교 시절 담임선생님 생각이 났다.

초등학교 5학년 때 담임선생님은 무척 젊은 분이었다. 당시 교육대학을 졸업하시고 두 번째 담임을 맡았으니 20대 초반이셨고, 무척 열성적으로 우리를 지도하셨다.

당시는 '가정방문'이라는 제도가 있어 학기 초에 선생님이

Dr. 고_일상, 동물, 여행 이야기

날짜를 정해 하루에 몇몇 집씩 방문하여 부모님과 이런저런 이야기를 나누었다. 나는 이런 가정방문이 달갑지 않았다. 당시 우리 집은 같은 반 친구의 집에서 세를 살고 있었기 때문이다. 선생님이 그 친구의 집을 방문한 뒤 문간방에 세 들어 사는 우리 집을 방문했을 때 나는 멀리서 선생님이 떠나는 것을 본 후에야 집에 들어갔던 기억이 난다.

가정방문 다음 날 선생님이 방과 후에 나를 불러 오늘부터 풍금을 배우라고 하셨다. 가을에 있을 반 대항 노래대회에서 반주를 하라는 것이었다. 수업 후에 친구들과 이리저리 뛰어놀지 못해 내키지는 않았지만 무서웠던 선생님의 명령이라 거역할 수 없었다.

2시간 정도 연습 후 선생님은 내 가방에 옥수수빵 2개를 넣어 주시며 연습을 열심히 해서 주시는 것이라고 하셨다. 당시는 점심시간에 학생들에게 옥수수빵을 하나씩 배급해 주던 시절이었고, 아마도 반 아이들에게 나눠 주고 몇 개 남아 있던 것을 주신 것으로 기억한다.

그 후로 거의 매일 풍금 연습을 열심히 했고, 그때마다 옥수수빵을 받아 프라이팬에 구워 맛있게 먹었다. 우리 집 사정을 배려해서 풍금 연습을 핑계로 옥수수빵을 주셨던 것 같고, 어린 나의 자존심도 배려하셨던 것이다.

선생님은 가끔 풍금 연습 도중에 "너는 장래에 목사나 판사, 아니면 의사가 되면 좋겠다."고 말씀하시며 열심히 공부하라고 독려해 주셨다.

선생님은 이듬해 다른 학교로 전근을 가셨고, 내가 중학교에 진학한 후에도 훌륭한 사람이 되어야 한다고 편지를 써서 보내 주셨다.

그 후 의과대학에 입학했을 무렵 선생님이 예전의 우리 초등학교로 다시 전근을 오셨다는 동창의 연락을 받았다. 여름방학 무렵 학교로 찾아갔을 때 무척 기뻐하시면서 내 손을 어루만지시고 등을 토닥토닥 두드리시며 훌륭한 의사가 되라고 격려해 주셨다.

오랜 시간 선생님을 잊고 지내다 전문의가 된 뒤 수소문하여 아내와 함께 선생님 댁을 방문했다. 그때까지도 초등학교 선생님으로 재직하고 계셨고, 연세는 조금 들어 보이셨지만 예전의 그 열정은 변함이 없으셨다. 특히 보이스카우트 활동을 열심히 하고 계셨다.

선생님은 약주를 좋아하셔서 가끔 술 한 병 들고 찾아뵙곤 했는데 바쁘다는 핑계로 요즘은 찾아뵙지 못해 죄송할 따름이다. 오늘따라 풍금 소리와 함께 선생님 생각이 난다.

활엽수의 지혜

∾

아내는 동물뿐만 아니라 식물도 사랑한다. 공원이나 길거리에서 나무에 걸려 있는 죽은 나뭇가지나 떨어져 있는 나뭇가지를 사람들이 다니지 않는 곳으로 옮겨 놓기도 하고, 커다란 나무를 안아 주기도 한다. 또 여름철 기력이 다한 매미가 길바닥에 배를 위를 하고 누워 있으면 집어서 화단에 옮겨 주기도 한다.

지금 생각해 보니 우리가 처음 만난 날도 그랬던 것 같다. 우리는 대학교에 갓 입학한 3월 어느 토요일에 만났다. 종로에 있는 찻집에서 만나 내가 다니던 경운동 학교까지 데이트를 했는데 봄비가 보슬보슬 내리는 날이었다.

마침 강당으로 들어가는 계단 옆 베란다에 화분 몇 개가 있었는데 일부는 비를 맞고 일부는 비를 맞지 못하고 있었다. 아내는 가방을 내게 맡기고 비를 못 맞는 화분을 일일이 비 내리는 곳으로 옮겨 놓았다. 화초가 목마를 것 같다는 말과 함께. 그후로 나도 나무에 관심을 갖게 되었고, 생명에 대한 인식이 조금 바뀌게 되었다.

우리 집 베란다 밖에 있는 나무는 낙엽활엽수다. 넓은 잎사귀 사이로 햇살이 스며드는 모습이 예쁘고, 바람에 흔들릴 때면 아름다운 소리도 낸다. 가끔 참새 떼가 앉아 지저귈 때면 합창이 된다. 낙엽이 지고 겨울로 접어들면 앙상한 가지만 남아 조금 애처로워 보인다.

겨울이 되면 낙엽활엽수는 왜 옷을 벗을까? 따뜻한 지역에서 자라는 상록활엽수는 늘 푸른 잎을 자랑하지만 대부분의 활엽수는 겨울에 잎이 떨어지는 낙엽활엽수다. 낙엽활엽수의 풍성한 잎은 시원한 그늘을 제공하기도 하고, 곱게 물든 단풍과 낭만적인 낙엽은 우리를 즐겁게 해준다.

한여름 낙엽활엽수의 화려하고 풍성한 잎은 위풍당당하지만 추운 겨울을 견뎌 내기에는 많은 희생을 감내해야 한다. 풍성한 잎을 유지하기 위해 풍부한 영양과 에너지가 필요하지만 겨울 햇빛으로 이를 충당하기에는 어려움이 있고, 화려한 잎을 자랑하다가는 나무 전체를 고사시킬 위기에 처할 수 있다.

이때 낙엽활엽수의 전략이 발휘되는데, 바로 자신을 홀홀 버리는 지혜다. 자신을 빛내 주던 화려한 잎을 과감하게 포기하는 전략적 일보 후퇴다.

　사회생활을 하다 보면 내 능력을 맘껏 뽐내며 빛나는 시간을 보내기도 하지만 그렇지 못한 시련의 시간도 종종 겪게 된다. 이럴 때 나는 어떻게 이런 시기를 극복했나 생각해 보다가 가을이 되면 하염없이 떨어지는 낙엽활엽수를 보며 교훈을 얻는다.
　전략적 일보 후퇴다!

밑지지 않는 투자, 여행

∼⌒⌒∽

    나는 여행을 좋아한다. 학창 시절 김찬삼 교수의 여행기를 읽으며 세계 일주를 꿈꾸기도 했고, 새로운 세계를 체험하고 알아가는 '여행'이라는 단어를 떠올리면 초등학교 시절 소풍 가기 전날 느낌과 비슷하게 설렘이 있다.

    젊은 시절에는 시간도 부족하고 마음의 여유도 없어 온전한 여행을 즐길 수 없었다. 여행이라고 하면 해외 학회에 참석할 때 하루나 이틀 시간을 내어 학회장 부근 명소를 잠깐 방문하는 것으로 여행에 대한 갈증을 해소하는 정도였다. 온전한 여행은 아마도 50대 들어 시작되지 않았나 싶다.

    나는 여행도 좋지만 여행을 떠나기 전 계획하고, 일정에 따라 이런저런 예약을 하는 그 자체가 즐겁다. 그래서 여행 계획

Dr. 고_일상, 동물, 여행 이야기

을 세우는 일은 모두 내 차지다.

또 "이 세상에서 밑지지 않는 유일한 투자가 여행이다."라는 톨스토이의 말을 굳게 신봉하며, '여행은 공간의 이동이 아니라 시간의 이동'이라는 어느 여행가의 이야기에 전적으로 공감한다. 그래서 몇 가지 원칙을 정하여 여행을 계획한다.

첫째, 촉박한 일정은 피한다. 예를 들어 10일간 7개국을 돌아보는 여행은 계획하지 않는다. 한정된 지역이라도 충분한 시간을 갖고 여유롭게 돌아보는 것을 원칙으로 한다. 아쉬우면 한 번 더 여행하면 된다고 생각한다(그렇게 되지는 않지만).

둘째, 단체여행은 가능하면 피하고, 차를 렌트하고 대중교통도 이용하며 여행한다. 단체여행을 하면 촉박한 시간에 쫓기고, 원하지 않는 상황을 접할 수 있어 여행의 즐거움이 반감될 수 있다. 가끔 생각이 다른 여행자들 간에 갈등이 있어 즐거운 여행이 고행으로 마감될 수도 있다.

셋째, 여행지 공연장에 들러 공연을 관람한다. 예를 들어 뉴욕이나 런던을 방문하면 뮤지컬, 파리나 런던, 로마를 방문하면 오페라, 오케스트라 연주, 바르셀로나를 방문하면 플라멩고 공연 등을 예약하여 즐긴다. 예약을 못 했다면 유럽 성당에서 파이프 오르간 연주를 즉흥적으로 관람할 수도 있다.

넷째, 동네 식당을 방문하여 토속음식을 즐기며 그곳 사람들과 어울리고, 가끔은 유명한 미슐랭 식당을 예약하여 호사를 누려 보기도 한다.

다섯째, 여행지 부근에 와이너리가 있으면 와이너리 투어와 함께 새로운 와인을 시음하며 낭만적인 시간을 보내는 것도 즐겁다. 와이너리 방문을 반기지 않던 아내도 이제는 이 시간을 기대하고 즐기게 되었다.

여섯째, 여행지 부근을 지나며 예약 없이 동네 골프장에 들러 그곳 주민들과 운동을 즐긴다. 동양인 부부가 골프를 치겠다고 방문하면 대부분의 시골 골프장에서는 허락한다. 운동후에 그곳 식당에서 간단한 식사를 즐길 수도 있다. 가끔은 아예 골프 리조트를 예약하고 2~3일간 오직 골프만 치기도 한다.

산이 좋아 세계의 험지를 돌며 트레킹을 즐기는 사람도 있고, 아름다운 시골 성당을 돌며 사진으로 추억을 남기는 여행가도 보았다. 초스피드 단체여행을 끊임없이 하며 수십 개국을 방문했다고 자랑하는 친구도 보았다. 골프 여행만 즐기는 선배도 보았다. 이 모두가 여행을 즐기는 나름의 방법이 아닌가 생각한다.

이 글을 쓰는 지금도 새로운 여행을 꿈꿔 본다. 나한테 맞는 것이, 내가 행복하면 그만인 것이 최고의 여행 아니겠는가.

눈을 감아야 멀리 볼 수 있다

∾‿

몇 년 전 누님 부부와 함께 호주와 뉴질랜드 여행을 했다. 뉴질랜드 여행 중 남섬의 테카포 호수 근처 시골 마을에서 하루를 묵었는데 숙소 주인 부부가 매우 친절했다.

여행을 떠나기 전 인터넷으로 숙소 예약을 하고 카드 결제를 했다. 얼마 후 결제가 안 됐다고 해서 다른 카드로 결제해도 되지를 않았다. 홈페이지에서 본 숙소가 마음에 쏙 들어 숙소 여주인과 통화했는데 방을 예약해줄 테니 숙박비는 현지에 와서 계산하라고 했다. 우리가 틀림없이 방문할 것으로 느껴진다는 것이다.

오후 서너 시쯤 그곳에 도착하니 마음씨 좋게 생긴 50대여주인이 우리를 반갑게 맞아 주었다.

'ㅅ'자 모양의 숙소였는데 중앙에 주인 부부의 방이 있고, 양쪽으로 각각 2개씩 총 4개의 손님 방이 있었다. 거실에는 다양한 스낵, 안주와 함께 와인이 준비되어 있어 약간의 비용을 자율적으로 지불한 뒤 언제든지 즐길 수 있도록 했다.

이 숙소에서는 아침 식사를 제공하지만 저녁 식사는 스스로 해결하도록 되어 있었는데, 여주인이 추천해준 몇몇 식당 중 한 곳을 선택하여 저렴한 가격(숙소 주인의 소개로 방문한 손님에 한함.)에 맛있는 만찬을 즐길 수 있었다.

우리는 우측 2개 방에 묵었다. 좌측 2개 방에는 호주에서 온 건축가 부부와 뉴질랜드 오클랜드에서 온 변호사 부부가 며칠째 묵고 있었다.

숙소 앞에 꽤 큼지막한 연못이 있고, 저 멀리에는 남섬의 설산이 파노라마처럼 펼쳐져 있는 아름다운 곳이었다. 숙소 뒤편에는 누울 수 있는 개인용 야외 간이침대와 탁자가 있어 호주와 뉴질랜드에서 온 손님들과 함께 와인을 마시며 이런저런 이야기를 나눌 수 있었다.

오클랜드에서 온 변호사가 한국에서는 변호사와 의사 중 누구의 수입이 좋으냐고 물어봤고, 내가 변호사 수입이 높다고 하자 뉴질랜드에서는 의사 수입이 더 높다며 바꿔서 살면 어떻겠냐고 제안해 한참을 웃었다.

Dr. 고_일상, 동물, 여행 이야기

우리는 바쁜 여행 일정 중 하루를 묵게 되었다고 하니 자기네는 이곳에서 일주일간 심신을 달래고 있다고 했다. 빨리 달린다고 목적지에 꼭 먼저 도착하지는 않는다며, 여유를 갖고 살아가는 것이 중요하다는 그들의 평범한 이야기가 가슴에 와 닿았다.

변호사가 테카포의 밤하늘을 가리키며 말했다.

"눈을 감거나 어두워야 더 멀리, 더 많이 볼 수 있어요."

와인에 젖어 바라본 테카포의 밤하늘에는 이제껏 한 번도 보지 못했던 수많은 별이 우리를 향해 쏟아지고 있었다. 잊을 수 없는 테카포의 밤….

두 아들

～∂

    예전에 근무하던 병원에 '말순'이라는 착한 간호사가 있었다. 재활의학과 외래를 담당했는데 내게는 좀 까칠했지만 성실하고 친절하여 환자들에게 인기가 좋았다. 하지만 가끔 아들을 낳지 못한 집에서 '마지막 딸이었으면…' 하는 바람으로 이름을 말순이라 지은 것 아니냐는 놀림을 받았다.

    오래전에는 남아선호사상이 강해 아들을 원했지만 요즘은 딸이 대세이고, 딸을 낳으려고 둘째, 셋째를 갖는 세상이 되었다.

    얼마 전 대학 동기에게 재미난 이야기를 들었다.

    미국으로 유학 가 있는 어느 집 아들이 엄마와는 통화도 자

Dr. 고_일상, 동물, 여행 이야기

주 하며 살갑게 지내는데 아버지와는 그렇지 못했다. 아들이 가만히 생각해 보니 자신의 학비와 생활비를 벌기 위해 힘들게 일하고 있는 아버지에게 죄송한 마음이 들었다. 그래서 아버지와도 친하게 지내고 싶은 마음에 느닷없이 전화를 했다.

전화를 받은 아버지가 바로 엄마를 바꿔 주려고 했다.

"아니, 엄마가 아니라 아빠랑 얘기하고 싶어요."

"돈 떨어졌니?"

"아니에요, 아빠랑 얘기하고 싶어요."

"이놈아, 술 먹고 전화하지 마!"

그러면서 엄마를 바꿔 주더란다. 우스우면서도 서글픈 이야기다.

나도 아들만 둘을 두었다. 어느 집이나 첫째가 태어나면 아이가 하는 모든 행동을 신기해하며 관심을 많이 준다. 나도 예외는 아니어서 신비로움 속에서 첫째를 키웠다.

초등학교에 들어가서 짝꿍에게 맞았다고 하여 속상했는데 "여자아이라 때릴 수가 없었어요." 하여 기특했고, 친구들과 어울리다 쇄골이 골절되었지만 사내아이를 키우다 보면 있을 수 있는 일이라 여겼다. 중학교 졸업식 날 머리에 밀가루를 뒤집어쓰고 들어와 실망했지만 이후 미국으로 유학 가 좋은 대학에 합격하니 대견했다. 이제는 사랑스러운 아내를 맞아 아들 낳고 행복한 가정을 이루었으니 더 바랄 것이 없다.

큰아이를 낳고 6년 만에 작은아이를 얻었다. 아내가 임신 중 동네 병원에서 정기적인 진찰을 받을 때 '딸인 것 같다'는 언질을 받았다. 기쁜 마음에 핑크빛 옷을 포함하여 아기용품 모두를 핑크빛으로 장만하고 둘째 맞을 준비를 했다.

　　출산 날 둘째를 받고 나오던 선배 교수가 웃으며 말했다.

　　"고 교수, 축하해. 아들이야."

　　"아니, 교수님, 우리 아기는 딸이에요!"

　　"아니, 내가 지금 아기를 받고 나왔는데 무슨 소리야. 아들 축하해!"

　　이렇게 해서 둘째는 핑크빛 아기 옷을 입고 아이돌처럼 멋지게 자랐다.

　　둘째는 첫째와 달리 세심하고, 특히 할머니, 엄마와 살갑게 지냈다. 할머니와 한 침대에서 자기도 해서 할머니 사랑을 특히 많이 받았다. 또 엄마의 자질구레한 심부름이나 요구를 잘 들어주어 여느 집 딸 못지않게 엄마와 친하다.

　　조만간 박사학위를 받는데, 패션 감각도 뛰어나 우리 집 멋쟁이이기도 하다. 첫째와 달리 주량이 적지만 가끔 와인병을 들고 와 내가 아내 눈치를 보지 않고 한잔 즐길 수 있는 분위기를 만드는 센스도 있다. 이제는 장가가서 행복한 가정을 이룰 일만 남았다.

유언장과 계약서

~~~

    미국 뉴욕에서 연수하던 시절 대학 14년 선배님이 계셨는데 매우 검소하고 고지식한 분이었다. 입고 있는 옷과 신발 모두 아웃렛 할인 상품이고, 간단하고 저렴한 음식만 선호하셨으며, 생활의 모든 면이 청교도적 삶 그 자체였다.

    하지만 후배를 생각하는 마음만은 유별나서 내가 그곳 생활에 쉽고 빠르게 적응할 수 있도록 물심양면으로 배려를 아끼지 않았다. 나는 미국 연수 기간 동안 거의 매일 선배님과 함께하며 공부와 연구를 게을리하지 않았는데 이것이 내가 평생토록 의과대학에서 교수로 일할 수 있는 기틀이 되지 않았나 생각한다.

    자녀교육도 잘하셨는데 세 따님을 모두 의과대학에 보냈

다. 후일 내 큰아들이 그분 집에 기거하며 중고등학교를 졸업하고 아이비리그 대학에까지 진학할 수 있었던 데는 선배님의 도움이 컸다.

언젠가 학회 참석을 위해 서부에 가게 되었다. 함께 출발하기로 하여 선배님 댁에 도착했는데 아직 방에서 컴퓨터 작업 중이셨다. 늘 하시던 대로 떠나기 전 마지막까지 발표자료를 수정·보완하고 계시는구나 생각했다. 공항으로 떠나야 할 시간이 임박했는데도 작업이 끝나지 않아 무슨 일을 하고 계시는지 물어보았는데 의외의 대답을 하셨다.

이번 여행 중 발생할 수 있는 불의의 사고에 대비하여 세 딸과 아내, 그리고 어머님 앞으로 작성해 놓았던 유언장을 갱신하고 있다는 것이다. 나는 쓸데없는 일을 하고 계신다고 웃었는데 서부로 가는 비행기 안에서 내게 진지하게 말씀하셨다.

유언장을 작성하여 매년 갱신하고, 필요한 경우 중간중간 보완하라고 권하면서 유언장뿐만 아니라 아이들과 부모-자식 간의 계약서도 작성하라고 말씀하셨다. 나로서는 황당한 말씀이라 웃으며 알겠다고 대답은 했지만 진짜로 유언장과 계약서를 작성할 생각은 없었다.

그 후 연수가 끝나 귀국하였고, 큰아이만 뉴욕에 남아 선배님 댁에서 기거하며 학업을 계속하였다. 대학교수 연봉이 그리 많지 않았기에 아이의 유학 비용을 마련하기 위해서는 검소한 생활을 하지 않을 수 없었다.

어느 날 선배님 말씀이 생각나 큰아이가 귀국했을 때 계약서를 작성하자고 했더니 순진하게 "네." 하고 대답하여 계약서를 작성하게 되었다. 계약서를 쓰는 김에 유언장도 함께 작성하여 계약서는 두 아들에게, 유언장은 아내에게 보여주고 사인하라고 했다.

계약서 내용은 대충 '너희를 교육시키고 양육하느라고 많은 비용이 들어가니 후일 사회에 나가 수입이 발생하면 부모의 노후를 위해 수입의 20%를 연금 형식으로 제공해야 한다'는 내용이었는데 두 아들 모두 별 저항 없이 사인했다.

이듬해 두 아들이 20%는 너무 과하다며 15%로 낮춰 달라하여 계약서를 수정했다. 후일 한 번의 수정을 더 했는데 자신들의 배우자 수입에 대해서는 관여하지 말라 하여 나도 동의했다. 그러나 큰아이가 취직하여 받은 첫 월급에서 15%를 제공받은 이후에는 유야무야되고 말았다.

사실 계약서를 작성하게 된 가장 큰 이유는 노동과 수입에 대한 올바른 인식과 절약하는 자세를 갖게 하기 위함이었다. 그런데 아들들이 건전한 생활을 하고 있기에 계약서 작성의 효과를 충분히 달성했다고 생각하여 더 이상 강요하고 있지는 않다.

유언장의 경우 처음 작성하고 아내에게 보여주었더니 쓸

데없는 일 말라고 핀잔을 주었다. 그러던 것이 2, 3년 지나며 "올해는 왜 갱신하지 않느냐?"고 묻는 등 자연스러워졌는데 그런 반응을 본 후에는 내가 시들해져 요즘은 갱신하지 않고 있다. 사실은 딱히 갱신할 만큼 재산이 증식되거나 변화한 상황이 없어 아내나 나나 모두 시큰둥해진 것이 맞다.

재벌이 아니더라도 결혼하고 자식을 키우는 사람이라면 한 번쯤 계약서나 유언장을 작성해 보며 새로운 마음가짐을 가져 보는 것도 나쁘지 않을 것 같다.

며느리가 좋다

꒰ ꒱

나는 며느리가 왜 사랑스러울까? '당연하지, 아들만 둘을 키우다 싹싹한 며느리가 들어왔으니 예쁠 수밖에.' 꼭 그런 이유만은 아니다.

우리 며느리는 밝다. 목소리도 맑고, 매사에 긍정적이다. 대화하다 보면 기분이 좋아진다. 조금은 높은 톤으로 두 눈을 맞추며 환한 얼굴로 이야기를 해서 좋다.

우리 며느리는 글쓰기를 즐겨 해 책도 냈고, 또 일본어 1급 시험에도 합격했다. 현실에 안주하지 않고 자신을 계발해서 좋다.

우리 며느리는 내게 하트 이모티콘을 보내서 좋다. 이런저런 사소한 일로 내게 문자를 보내며 꼭 하트 모양의 다양한 이

모티콘으로 마무리한다. 이 나이에 누구에게 하트 이모티콘을 받아 보겠는가?(아니다, 가끔 아내한테도 받는다.)

우리 며느리는 관심을 주어서 좋다. 어느 날 아침 며느리의 밝은 목소리가 전화 속에서 들려온다.

"아버님, 제가 출근하다 보니 차가 아버님 병원 앞을 지나네요. 아버님 생각이 나서 안부 전화 드려요."

하루 종일 기분이 좋다. 가끔 콧노래도 나온다.

우리 며느리는 나를 믿어줘서 좋다. 몸이 조금이라도 불편할 때면 어떤 처방을 받아야 할지 내게 물어본다. 내 전공하고는 조금 다른 분야의 질환에도 내 조언을 믿고 따른다. 그러곤 얼마 후 내게 다시 연락한다. 아버님 처방이 좋아서 잘 나았다고.

우리 며느리는 동물을 사랑해서 좋다. 우리가 키우는 하늘이(고양이)가 보고 싶다고 가끔 놀러 와서 한참을 놀아 주곤 한다. 우리 부부가 왜 고양이를 좋아하는지도 가르쳐 줬다. 우리는 Catholic(천주교) 신자이니까 당연한 거라고. 'Cat-holic(고양이-중독)'이라서.

우리 며느리는 우리를 편안해서 좋다. 우리 집에 들른 날 졸리다며 우리 침대에 누워서 자는 모습도 사랑스럽다.

우리 며느리는 잘 먹어서 좋다. 새침데기 여자들이 잘 거들떠보지 않는 순댓국, 해장국, 추어탕, 곱창구이 등도 맛있게 잘 먹는다.

우리 며느리가 핸드폰을 사 줘서 좋다. 현대 하이테크 기기에 문외한인 내게 최신식 핸드폰을 사 주고, 사용법도 일일이 설명해 준다. 가끔 사용상의 문제가 있을 때도 척척 해결해 준다.

우리 며느리는 가끔 와인을 한잔해서 좋다. 결혼 전에는 제법 음주를 하는 줄 알았다. 조금 지난 후 한잔하기를 즐기는 나와 친해지려고 노력했다는 것을 알았다. 하지만 가끔 와인을 한잔할 때는 분위기를 맞추며 즐거워한다.

우리 며느리는 큰아이와 알콩달콩해서 좋다. 결혼한 지 10년 가까이 되지만 아직도 신혼처럼 아기자기하다. 편안하고 자연스러운 젊은 부부의 사랑 표현이 신선해서 좋다.

아내의 요리

언젠가 퇴근하고 돌아온 나를 아내가 유난히 반갑게 맞는다. 비장의 요리를 만들었는지 식탁 위 접시 덮개를 열며 식사부터 하라고 권한다. 새우와 아스파라거스를 이름 모를 소스에 잘 버무린 요리가 등장했다. 맛있게 식사한 뒤 맛은 있는데 새우를 너무 잘게 썰어서 젓가락으로 집어 먹기가 좀 힘들다고 평가했다.

아내는 요즘 요리를 배우고 있다. 강습 후 집에서 복습한 요리의 평가는 둘째 아들과 내가 맡고 있다.

우리는 신혼 시절 3년간을 시골에서 보냈다. 보건지소 관사에서 밥도 짓고 반찬도 만들며 지냈는데 아내는 요리 솜씨가

Dr. 고_일상, 동물, 여행 이야기

좋아(?) 한 밥솥에 2층이나 3층 밥을 곧잘 지었다. 처형이 사용하던 요리책을 보며 열심히 요리했는데, 같은 이름의 요리를 매번 맛이 다르게 만드는 재주도 선보였다.

3년 후 부모님과 합가한 후에는 직장생활을 하는 아내를 대신하여 어머니가 주로 식사를 준비하셔서 아내의 요리를 맛볼 기회가 별로 없었다.

10여 년 후 아내가 근처 백화점 문화센터에서 요리를 배우게 되었다. 요리 강습에 등록하며 빵 만드는 기구를 한 보따리 들고 오더니 며칠 후부터 빵을 만들기 시작했다. 두 아들과 나는 맛있는 빵을 먹을 수 있는 좋은 기회라고 생각해 기대에 부풀어 있었다.

빵을 맛있게 만들려면 반죽을 잘해야 하고, 반죽을 잘 만들기 위해서는 거품을 잘 내야 한다고 했다. 이 거품을 만드는 일은 나와 두 아이의 몫이었는데, 거품을 만들기 위해서는 계란과 버터(?) 등이 혼합된 통을 잡고 젓기를 계속 했다. 그것도 한 방향으로 저어야지, 조금 힘들어서 반대 방향으로 저으면 요리사의 불호령이 떨어졌다. 자동 거품기를 마련하자는 세 남자의 제안은 3명의 거품기(?)가 있는데 왜 필요하냐며 일축되었다.

고급 재료와 세 남자의 땀으로 만들어진 빵 맛을 지금 기억할 수는 없지만, 아내가 빵을 만들겠다고 하면 슬그머니 자리를 피해야 했다.

나는 가리는 음식이 많다. 음식 모양이나 색이 마음에 들지 않아서, 냄새가 싫어서, 먹고 나면 속이 거북해서… 등등 이런저런 이유로 가려 먹지만 아내가 차려준 식탁에서 반찬 투정을 한 적은 없다. 아내는 내가 배고프다고 하면 10여 분 만에 밥상을 뚝딱 차리는 재주가 있다. 진수성찬보다는 이런 아내의 요리 솜씨에 만족하고 있다.

　오늘 저녁에는 오징어초무침과 멸치볶음이 올라왔다.
　냉장고에서 깻잎무침과 김치를 꺼내며 아내가 말했다.
　"멸치볶음은 예전에 어머니가 잘하셨는데…. 그래서 어머니 레시피대로 만들어 봤어요."
　내가 좋아하는 반찬들이다. 시장한 김에 한 공기 뚝딱 해치웠다.

　　　　　　　　　　　　　Dr. 고_일상, 동물, 여행 이야기

복동이, 하늘이, 반달이

∾⌒∾

공중보건의 시절 아내의 큰집에서 몰티즈종 강아지를 분양받아 '복동이'라 이름 지어 키운 적이 있다. 아내는 동물을 무척 좋아해서 복동이랑 잘 지냈지만 나는 어릴 적 동네 강아지한테 물린 경험이 있어 복동이와 친해지기가 쉽지 않았다. 복동이도 본능적으로 나를 경계하며 곁을 주지 않았다.

그러던 어느 날 저녁, 어머니 몸이 불편하다는 청년을 따라 500여 m 떨어진 청년의 집으로 왕진을 가게 되었다. 그 집에 도착하여 진료하던 중 미처 챙기지 못한 의료기구가 있어 청년에게 보건소로 가서 아내에게 받아 오도록 부탁했다.

보건소에 다녀온 청년이 말했다.

"아니, 강아지를 밖에서 안 키우고 왜 집 안에서 키우세요?

그놈의 강아지가 어찌나 사납게 짖어대는지….”

보건소가 조금 외진 곳에 있어 가끔 왕진이나 일이 있어 밤에 외출할 때면 혼자 있는 아내가 걱정되었는데, 조그만 복동이가 그렇게 짖어댔다니 안심이 되었다.

그 후로 복동이와 친해지려고 '진심으로' 노력도 하고 예뻐해 주기도 했는데 진심이 통했는지 내게도 친근하게 다가오는 등 다정(?)하게 지낼 수 있었다. 복동이와 친해진 후로는 서울 본가나 처가에 갈 때면 복동이 혼자 보건소에 있게 할 수 없어 함께 기차를 타고 다녔다. 이때 강아지를 싫어하는 손님이나 승무원을 만나면 양해를 구하느라 무척 힘들었다.

시간이 흘러 첫째 아이가 태어나고 공중보건의 근무도 마치게 되어 서울 친가로 이사 가게 되었다. 친가에서는 복동이를 키울 수 없는 상황이라 하는 수 없이 아내의 고모님 댁에 맡기게 되었다.

두어 달 후쯤 아내가 복동이가 보고 싶다고 하여 복동이가 좋아하던 쥐포와 과자를 갖고 고모님 댁에 갔다. 혹시라도 우리를 잊었을까 걱정했지만 복동이는 온몸으로 우리를 반겨주었고, 떠나올 때는 우리를 쫓아오며 떨어지지 않으려 해서 무척 힘들었다. 얼마나 울었는지 두 눈이 충혈되고 퉁퉁 부은 아내를 보니 내 마음도 편치 않았다.

이후로 아내와 나는 헤어지는 슬픔이 너무 크니 또다시 강아지를 키우지 말자고 무언의 약속을 했다.

Dr. 고_일상, 동물, 여행 이야기

작은아이가 초등학교에 다닐 때 병원 근처에 아파트를 마련했는데 작은아이가 강아지를 키우자고 졸라댔다. 그리하여 아내와의 무언의 합의를 깨고 잉글리시 코커스패니얼종 강아지를 분양받아 키우게 되었다. 갓 젖을 뗀 주먹만 한 강아지에게 '하늘이'라는 이름을 붙여 주고 식구들이 모두 정성으로 돌보았다.

하늘이는 영리할 뿐만 아니라 가족들을 잘 따라 강아지를 별로 좋아하지 않던 어머니도 예뻐하셨다. 맛있는 간식을 주고 외출하면, 가족들이 돌아올 때까지 간식을 입에도 대지 않는 것으로 마음이 상했다는 표현을 했다. 또 작은아이와 숨바꼭질 놀이를 할 정도로 똑똑했다.

가족의 사랑을 듬뿍 받던 하늘이의 가슴에 조그만 덩어리가 자라기 시작하여 동물병원 진료를 받게 되었고, 좀 더 큰 종합병원으로 전원하여 수술을 받았다. 일주일가량 입원했는데 우리가 방문해야만 사료도 먹고 소변도 봐서 매일 방문해야 했다.

퇴원 후 잘 지내던 하늘이는 약 3개월 후 유방암이 재발하여 2차 수술을 받았고, 그 후로 기력이 떨어지며 활동량이 급격히 줄어들었다. 얼마 후 숨 쉬는 것을 힘들어하여 병원 진찰을 받은 결과 암이 폐로 전이되었다고 했다.

하늘이가 무지개다리를 건넌 후 우리 가족은 다시 한 번 이별의 아픔을 겪었고, 다시는 반려동물을 키우지 않기로 결심했다.

하늘이가 떠나고 몇 달 후 퇴근해 보니 검은 아메리칸 코 커스패니얼종 강아지가 거실에서 사료를 먹고 있었다. 사연이 길다.

아내가 출근길에 엘리베이터를 탔는데 언제 탔는지 강아 지가 같이 타고 있었다. 사무실로 데려와 사료와 물을 준 뒤 목 걸이에 있는 번호로 연락을 취해 주인이 데려갔다고 했다. 점 심시간에 엘리베이터 앞에서 다시 그 강아지를 만나 주인에게 또 연락을 했단다.

주인 이야기로는 키우던 강아지를 결혼하며 동생에게 맡 겼는데 동생이 잘 보살피지 못했고, 자신도 돌볼 처지가 아니 니 가능하다면 맡아 달라고 했다는 것이다. 동물을 사랑하고 마음이 약했던 아내는 그 부탁을 외면할 수 없어 집으로 데려 온 것이다.

온몸이 까맸지만 반달곰처럼 가슴에 하얀 반점이 있어 '반 달이'라 이름을 지어 주고 우리와 함께하기로 했다.

바뀐 환경을 낯설어하던 반달이는 시간이 지나며 잘 적 응했다. 하늘이와 달리 점잖고, 대소변도 잘 가리고, 드라이브 를 즐기는 등 우리 가족과 잘 어울렸다. 출퇴근 시에는 누구보 다 반갑게 인사하고, 아이들과도 잘 어울려 가족의 사랑을 듬 뿍 받았다.

Dr. 고_일상, 동물, 여행 이야기

우리 집에 서너 살 때 왔고, 우리와 10여 년을 함께했으나 15세 무렵부터 반달이의 활동량이 급격히 저하되기 시작했다. 그러던 어느 날 퇴근하고 왔는데 소파에서 힘겹게 내려와 화장실로 향하던 반달이가 힘없이 쓰러졌다. 급히 안아 화장실로 가서 소변을 보게 해주었으나 거친 숨을 몰아쉬다 내 품에서 무지개다리를 건너갔다. 외출 중인 아내와 아이들에게 전화하니 달려들 왔고, 모두 깊은 슬픔에 빠졌다.

복동이, 하늘이, 반달이! 모두 하늘나라에서 잘 지내고 있지?

수다 하면 고씨

"하하하…, 호호호…."

TV 리모컨을 돌리며 무료함을 달래고 있는 내 옆에서, 아내는 누나와 한창 수다 중이다. 친구와의 통화도 아니고 손위 시누이와의 통화가 뭐 저리도 즐거울까?

어제가 누나 생일이었으니 아내가 사과 한 상자를 보냈을 테고, 고맙다고 전화한 누나와 이런저런 대화를 하고 있는 것이다. 아내는 시부모님이 모두 돌아가신 뒤 시누이 4명의 생일에는 꼭 과일상자를 보내고, 가끔 전화로 수다도 떤다.

'수다 하면 우리 고씨 남매들'이다. 5남매 중 나만 남자이고, 누나와 여동생 3명이 있다. 요즘은 좀 드문드문해졌지만 COVID-19 이전에는 '고씨 모임'이라 하여 매달 한 번씩 모여 식사를 하며 두세 시간씩 수다를 떨었다.

　모임마다 수다 주제가 많이 바뀌지는 않는다. 돌아가신 부모님 이야기, 어릴 적 학교나 동네 이야기, 아이들 이야기 등등 매번 비슷한 이야기를 나누지만 즐거워서 시간 가는 줄 모른다. 집안 대소사가 있을 때는 서로 의견을 나누는데 가장 어른인 누나 의견을 모두 잘 따르고, 가끔은 둘째인 내 의견도 반영된다.

　누나와 여동생들은 아내와 잘 지낸다. 결혼하고 30년 이상 시부모님을 모신 아내에게 늘 고마워했다. 어머님이 살아 계실 적 고부간 갈등이 있을 때면 딸들이 모두 며느리 편(?)을 든다고 불만을 토로하실 정도였다. 아내도 시누이들과 별 거리감 없이 편하게 지내고 있다.

　며칠 전에는 막내 여동생과 이런저런 먹거리를 나누는 듯했다. 우리 두 식구가 해결하기에는 넘치는 먹거리를 나눠 주며 '그만하면 됐다', '아니, 이것도 좀 가져가라' 실랑이(?)하는 모습이 좋아 보였다.

　몇 해 전 누나 부부와 해외여행을 함께 했고, 둘째 동생 부부와는 골프 여행을 다녀왔다. 시누이와 함께 하는 여행을 즐거워하는 아내가 고맙고, 시누이 노릇(?) 하지 않는 누나와 여동생들도 고맙다.

어색한 할아버지 호칭

∽

정년퇴임 후에는 모임이나 회의 일정이 거의 없어 저녁 식사를 아내와 둘이 해결하는 경우가 많아졌다. 가끔 아파트 주변 식당에서 설렁탕이나 김치찌개로 저녁을 해결했고, 시간이 지나며 짜장면, 돈가스, 오므라이스 등 다양한 메뉴를 즐기게 되었다.

지난해 늦여름, 그날도 은행나무에서 울어대는 매미 소리를 들으며 저녁을 해결하기 위해 아내와 아파트 단지를 걸어가고 있었다. 여자아이와 엄마가 은행나무 밑에서 매미를 잡고 있는 게 보였다.

그 옆을 지나는데 예닐곱 살 돼 보이는 여자아이가 내게 말했다.

"할아버지, 매미 좀 잡아 주세요!"

매미채로 잡은 매미를 채집통(플라스틱으로 된 통)으로 옮겨 달라는 모양이었다. '할아버지' 소리에 화들짝 놀란 아내는 벌써 10여m 달아났고, 나도 조금 당황했지만 매미채 속 매미를 잡아 채집통으로 옮겨 주었다.

"할아버지 고맙습니다, 해야지."

"할아버지, 고맙습니다!"

엄마의 말에 아이가 큰 소리로 인사했다.

나는 멋쩍은 미소를 지어 보이곤 아내에게 달려갔다. 우리는 한참 동안 웃음을 참지 못했다. 마냥 청춘인 줄 알았는데 이제 할아버지가 되었네….

고등학교나 대학 동기들 대부분이 할아버지가 되었고, 몇몇 동기의 손주는 이미 초등학생이 된 경우도 있지만 나는 올해 초에야 할아버지가 되었다. 며느리가 결혼 8년 만에 득남을 했기 때문이다.

손자를 처음 마주한 날의 초롱초롱한 눈망울과 작디작은 손과 발을 잊을 수가 없다. 또 나와 두 아들처럼 손자 역시 귓바퀴 앞에 작은 구멍(선천성 이루공)이 있어 신기했다.

요즘 하루가 다르게 커 가는 손자를 보는 즐거움이 대단하다. 어느 날 뒤집기를 하더니 5개월 지날 즈음엔 아랫니가 나와 우리를 놀라게 했다. 앙증맞은 행동 하나하나가 신기하고, 보고만 있어도 행복하다.

　　어릴 적 할아버지 생각이 난다. 초등학생 시절 방학 때는 늘 시골 할아버지 집에 가서 지냈다.

　　할아버지는 장손인 나를 무척 사랑하셨다. 내가 내려가는 날이면 나를 데리고 온 동네를 돌며 서울에서 손자가 왔다고 알리면서 공부도 잘한다고 은근히 자랑하셨다. 물론 성적하고는 관계없이 할아버지에게 나는 늘 훌륭한 손자였다. 먹을거리가 변변치 않은 시절이었지만 시골에서 구할 수 있는 각종 과일과 최고의 음식을 마련해 주시고, 삼촌들이 나를 함부로(?) 대하지 못하게 하셨다.

　　할아버지는 매우 부지런하고 강직한 분이셨다. 6·25전쟁 중에는 학도병으로 참전한 나의 아버지를 걱정하시며 마당에 거적을 깔고 주무셨던 분이다.

　　"아들이 전쟁터 허허 들판과 산모퉁이에서 지내는데 나만 뜨뜻한 아랫목에서 잘 수 없다."

　　언젠가 방학이 끝나 서울 가는 버스에 올랐는데 떠나는 버스를 쫓아오시며 열린 창문 틈으로 꼬깃꼬깃 접힌 돈을 쥐어 주셨다. 떠나오기 전 이미 용돈을 주셨는데도 이리저리 찾아내어 마지막 한 푼까지 건네신 것이다.

　　사랑하는 손자의 대학 학비는 당신이 꼭 대시겠다고 늘 말씀하셨는데 내가 고등학교 2학년 때 갑자기 돌아가셨다. 하늘나라에서도 손자를 사랑하는 마음은 변함없으시리라는 것을 나는 알고 있다.

오늘도 퇴근길에 손자를 보러 잠깐 들렀다. 나를 한참 바라보던 손자의 미간이 씰룩거리더니 이내 울음을 터뜨리고 만다. 요놈이 이제 낯을 가리기 시작한 모양이다.

"유건(손자 이름)아! 할아버지다, 초보 할아버지!"

은행나무는 죄가 없다

∾

내가 근무하는 병원에는 건물이 여러 동 있는데 건물 사이에 구름다리가 있어 춥고 덥거나 눈비가 올 때도 편하게 이동할수 있다. 하지만 나는 가능하면 건물 밖으로 나와 이동을 한다.

출근 후 연구실에서 하루 일정을 정리하고 회진이나 회의를 위해 연구실 건물을 나와 학교 건물을 지나서 병원 건물로 이동하는데, 이때 출근하는 동료들을 만나기도 하고 길옆 화단의 이름 모를 풀과 꽃을 감상하기도 한다. 특히 이동하는 길가에 은행나무 열두 그루가 있는데 한여름의 푸른 잎이 상큼하고, 가을에는 노란 은행잎을 밟고 가면 어릴 적 책갈피에 끼워 곱게 말리던 은행잎의 추억이 새롭기도 하거니와 바삭거리는 소리 역시 정겨워서 좋다.

Dr. 고_일상, 동물, 여행 이야기

오늘 진료실로 향하다 은행나무에 주렁주렁 달려 있는 설익은 은행 열매를 보았다. '며칠 후면 떨어진 은행을 밟지 않으려고 이리저리 피하며 이 길을 걷겠구나' 하고 생각하다가 며칠 전 보았던 기사가 문득 떠올라 쓴웃음을 지었다.

어느 지자체에서 길가의 은행나무를 모두 제거하겠다고 발표했다. 그 이유인즉 은행 열매가 떨어지면 불쾌한 냄새가 나고, 길을 더럽히기 때문이라고 했다. 어떤 기사에는 열매가 열리는 암나무만 제거하기로 했다고도 한다.

거창한 나무의 이로움을 논하기에는 내 전문 분야와는 거리가 멀어 어려움이 있지만 지구온난화 문제를 해결하고 공기를 정화시키며, 목재와 열매를 제공하는 정도는 누구나 알고 있을 것이다. 늦가을 엄청난 양의 낙엽으로 환경미화원들의 수고가 늘어나 죄송한 마음이지만 삭막한 도심에 늘어선 가로수의 청량함을 모두가 알고, 한여름 뙤약볕을 피할 수 있는 그늘은 생각만 해도 가슴이 시원해진다.

인간이 지구상에 생존하기 훨씬 전부터 살고 있던 은행나무. 한여름의 푸른 잎은 우리 기분을 맑게 하고, 가을의 노란 은행잎은 우리에게 가을이 왔음을 알려주며 많은 추억을 갖게 하지 않았던가? 초등학생 시절 책갈피에 고이 말려 두었던 은행잎을 미술 시간 도화지 위에 예쁘게 장식하던 추억은 또 얼마나 아름다운가?

1년 내내 우리에게 아낌없이 주던 나무의 고마움을 잊은

채 떨어진 열매 냄새가 고약하다고 은행나무를 잘라 버리겠다면 너무 야박하지 않은가!

　나는 은행 냄새가 그리 역하지 않고, 가끔은 고향 냄새 같아 정겨움을 느낀다. 가을에 한 달도 되지 않는 짧은 기간 동안 떨어진 은행을 피해 폴짝폴짝 뛰어도 보고, 구수한 냄새라고 여기며 고향을 추억해 보는 것도 낭만적이지 않을까.

잡초가 어때서

~~~

　　동료 교수가 정년을 앞두고 서울 근교 전원주택으로 이사를 했다. 많은 남자들이 정년 후 전원주택에서 사는 게 꿈이라고 이야기하는 반면, 도시생활을 선호하는 여자들은 그리 달가워하지 않는 편이다.

　　동료 교수는 전원주택에 살게 되면 잔디를 가꾸는 일부터 시작해서 힘든 일은 자신이 도맡겠다고 호언한 뒤 부인을 설득하여 전원주택으로 이사 가는 꿈을 이뤘다고 했다. 내심 부러웠던 나도 아내에게 슬그머니 말을 꺼냈다가 본전도 못 찾았다.

　　전원생활을 시작한 지 두 달쯤 되었을 때 동료 교수의 부인이 어깨가 아프다며 외래로 방문했다. 이사 전 호언과 달리 남편이 꼼짝도 하지 않아 본인이 잔디도 관리하고, 집 안팎 일까지 처리하다 보니 어깨 병이 생겼다고 하소연했다. 특히 잡초 관리가 가장 힘들다고 했는데 잡초를 뽑고 돌아앉으면 곧바로 또 다른 잡초가 올라온다고 했다.

얼마 전 막내 동서가 당진에 있는 전원주택으로 이사를 했다. 동서 역시 마당 넓은 전원주택에서 살아 보는 게 로망이었다고 했다. 나도 한번 가 봤는데 찜질방이 있는 별채도 있고, 잔디가 예쁘게 심겨 있는 넓은 마당에 멋스러운 소나무도 몇 그루 있어 운치 있었다. 여기서도 잡초 관리가 가장 큰 문제라고 후일 이야기를 들었다.

나는 동부이촌동 근처를 지나 강변북로를 이용해서 병원에 출근한다. 이촌동 쪽에서 강변북로로 진입하려면 좌회전을 해야 하는데 이곳 삼거리 신호등 옆에 공원이 있다. 도로 가운데 위치한 100평쯤 되는 작은 공원으로 사람은 다닐 수 없고, 이런저런 풀과 나무 몇 그루가 심겨 있다. 신호를 기다리며 단풍나무와 이름 모를 조그만 나무들을 감상하고, 풀밭에 무성한 잡초, 토끼풀, 하얀 꽃, 붉은 꽃들을 보면 눈이 맑아지고 마음이 편해져 신호를 기다리는 시간이 좋았다.

어느 날인가 신호를 기다리며 바라보니 무성했던 풀밭을 모두 정리하여 맨땅만 보였고, 세계지도를 그린 듯했던 잡초와 이름 모를 꽃들은 공원 구석에 시들시들 버려져 있었다. 며칠 후 그 빈자리에는 화살나무가 빼곡히 식재돼 있었다.

내 입장에서는 자연스럽게 삐죽삐죽 자란 풀과 자유분방하게 피어난 흰 꽃, 붉은 꽃을 아침마다 볼 수 있는 즐거움이 사라져 버렸다. 잡초 입장에서 보면 인간의 기준으로 필요 없는 풀이라고 생각하여 모두 뽑아 버렸으니 기막힌 노릇이 아닌가. 어렵게 세상에 태어나서 모진 풍파를 헤치고 살아남았는데 인간의 잣대로 잡초라 부르며 마구 없애려고만 하니 말이다.

나는 잡초가 자라는 모습이 정겨워 보인다. 획일적이지 않고 자연스러우며 주변과도 잘 어우러진다.

정원 구석이나 공원 모퉁이에 자라나는 잡초들도 부드러운 시선으로 보아 주고 함께할 수 있다면 얼마나 좋을까. 강한 생명력을 지니고 있으니 칭찬도 해주고, 정원에 함께하면 어깨 아플 일도 없으니 일석이조 아닐까.

출근길 신호등 옆 운전석에 앉아 비 내리는 창밖을 바라보며 억지를 부려 본다.

즐기지 않는 육식

~∽~

지구상에서 온실가스 배출에 가장 큰 비중을 차지하는 분야가 제조업도 아니고 화석연료를 사용하는 자동차도 아닌, 축산업이라는 사실을 알고 나면 육식에 대한 생각이 조금 바뀔 수 있다. 가축들이 식사 후 뱉어내는 트림이나 방귀 등에서 배출되는 메탄가스로 인해 지구온난화가 가중된다는 사실이 매우 흥미롭다.

많은 사람들이 적당히 불맛을 입히거나 맛있는 소스에 버무려진 소고기, 돼지고기, 양고기, 닭고기 등의 유혹을 떨쳐내기란 쉽지 않을 듯하다. 하지만 육류 섭취는 온실가스 배출 말고도 또 다른 문제로 절제되어야 한다. 1인분의 육류 섭취를 위해서는 약 8인분의 사료가 소나 돼지에게 제공되어야 한

Dr. 고_일상, 동물, 여행 이야기

다. 지구상의 인구 약 80억 명 중 기근에 허덕이는 인구가 20억 이상이라는 사실을 알고 나면 마음껏 육식을 하는 일이 즐겁지 않다.

최근에는 오로지 인간의 즐거움을 위해 공연되는 투우 같은 경기는 금지되어야 하고, 고도의 시뮬레이션 기법이 개발되면서 동물을 이용한 실험 역시 자제되어야 한다는 주장이 당연한 것으로 여겨지고 있다. 더 나아가 많은 나라에서 가능하면 고통스럽지 않은 방법으로 도축하도록 법으로 규정하고 있는 추세다. 우리나라에서 흔히 볼 수 있는 살아 있는 미꾸라지, 낙지 등을 끓는 물에 넣는 요리법 등은 개선돼야 할 것으로 생각된다.

이런 일들이 내가 육식을 즐기지 못하는 원인 중 하나가 아닐까 한다. 생존을 위한 최소한의 도축은 불가항력적 일이지만 인간뿐만 아니라 지구상에서 살아가는 모든 동식물에게는 나름의 생명권이 있고, 우리가 이를 존중해야 지구상의 모든 생명체가 공존할 수 있다.

내가 엄청난 사명감을 갖고 육식을 자제하는 것은 아니다. 나는 어려서부터 유제품을 먹으면 설사를 한다든지 속이 불편해서 즐기지 않았다. 또 담낭을 절제한 후에는 육식을 하면 소화가 안 되고 설사를 자주 하여 자연적으로 육식을 멀리하게 되었다. 그렇다고 육식에 대한 생각이 전혀 없는 것은 아니고 가끔 고기 몇 점을 맛보기도 한다.

요즘 종편 TV에서 많이 방영되는 먹방 프로를 보면 마음이 많이 불편하다. 사람마다 차이는 있겠지만 육류와 채소류를 적당한 비율로 섭취하여 건강을 유지하는 게 중요하다.

육식의 비중을 줄임으로써 지구온난화 속도도 줄이고, 기근으로 고생하는 지구상의 다른 친구들에게도 도움을 줄 수 있었으면 하는 바람이다.

포도밭 주인 이야기

⌒⌒

성경에는 이해할 수 없는 부분이 많다. 10여 년 전 이스라엘 성지순례를 통해 그 지역의 풍토, 역사 등을 조금이나마 체험하고 나서 성경에 대한 이해의 폭이 늘어나기는 했지만 아직도 이해 못 하는 부분이 많다.

얼마 전 신부님과 성경 공부를 할 기회가 있었고, 신약의 몇몇 복음에 대해 조금 이해할 수 있는 시간을 가졌다. 그중 내가 가장 좋아하는 구절인 마태복음 20장 1절부터 16절까지에 대한 이야기다.

어느 포도밭 주인이 일꾼을 구하기 위해 이른 아침 장터에 나가서 일꾼들과 일당 1데나리온(로마시대의 화폐단위로 1데나리온은 보통 노동자의 하루 품삯임.)에 합의하고 그들을 자기 포도밭으로 보냈다. 9시쯤 또다시 장터에 나간 주인은 할 일 없이 장터에 서 있는 사람들에게도 똑같이 말했다.

"당신들도 포도밭으로 가시오. 정당한 삯을 주겠소."

포도밭 주인은 12시와 오후 3시에도 역시 그와 같이 했다.

오후 5시쯤에도 나가 보니 또 다른 이들이 서 있기에 그들에게 물었다.

"당신들은 왜 온종일 하는 일 없이 여기 서 있소?"

"아무도 우리를 사지 않았기 때문입니다."

"당신들도 포도밭으로 가시오."

저녁때가 되자 포도밭 주인이 관리인에게 말했다.

"맨 나중에 온 일꾼들부터 시작해서 맨 먼저 온 일꾼들에게까지 품삯을 내주시오."

오후 5시쯤부터 일한 일꾼들이 와서 1데나리온씩 받았다. 맨 먼저 온 일꾼들은 일을 더 많이 했으니 품삯을 더 받으려니 기대했는데 그들 역시 1데나리온씩만 받았다.

맨 먼저 온 일꾼들은 투덜거렸다.

"나중에 온 저자들은 한 시간만 일했는데도 뙤약볕 아래서 온종일 고생한 우리와 똑같이 대우하시는군요."

그러자 포도밭 주인이 대꾸했다.

"내가 당신에게 불의를 저지르는 것이 아니오. 당신은 나와 1데나리온으로 합의하지 않았소? 나는 맨 나중에 온 이들에

Dh. 고_일상, 동물, 여행 이야기

게도 당신에게 준 만큼 주고 싶소. 내 걸 가지고 내가 하고 싶은 대로 할 수 없다는 말이오? 아니면 내가 나중에 온 사람들한테 후하다고 시기하는 것이오? 당신 품삯이나 받아 가시오.”

대충 이런 내용인데 이제까지 살아온 내 상식으로는 잘 이해되지 않았다. 신부님과 성경 공부를 시작하기 전 나는 아침 일찍부터 일한 일꾼이나 오후 늦게 일을 시작한 일꾼에게 1데나리온을 지급한 포도밭 주인이 정의롭지 못하다고 생각했다.

그러나 당시 일꾼들은 하루 벌어 하루 살아가는 형편이라 만일 그날 일을 못 했으면 가족의 생계가 막막했을 것이고, 오후 5시까지 받았을 정신적 고통 또한 매우 컸을 것이다. 반면에 아침에 일을 구할 수 있었던 일꾼은 육체적 노동은 힘들었을지 모르지만 가족이 굶주릴지도 모른다는 걱정 없이 본인의 노동으로 가족이 행복할 수 있다는 기쁨, 안도감 등이 있지 않았을까.

한 시간만 일한 일꾼이 일을 구하지 못하는 동안 겪었을 극심한 정신적 고통, 일한 시간만큼 임금을 받았을 경우 그 적은 품삯으로는 온전히 가족의 생계를 유지할 수 없었을 것이라는 점을 고려하여 포도밭 주인은 그 일꾼에게도 동일한 임금을 주지 않았을까.

성경 공부를 시작한 후 나는 일할 수 있다는 안도감만으로도 충분한 품삯(보상)이 되었다고 생각하게 되었다.

나는 가끔 전공의들과 이 성경 구절에 대해 이야기했다. 피나는 노력 끝에 의과대학에 들어와 의사라는 좋은 직업을 얻었지만 단지 자신의 노력만으로 된 것은 아니며, 주위 사람들의 배려와 사랑이 있어 가능했을 거라는 점에 대해서 말이다. 또한 이런 좋은 직업을 가진 것만으로도 충분한 품삯(보상)을 받은 것이고, 어떤 의사가 좀 더 많은 수입을 올리고, 빨리 진급하고, 이런저런 보직도 얻고 하는 것은 덤이라고.

　　덤은 있으면 좋지만 없어도 무방한 것이다. 하느님이신 포도밭 주인께서는 이 모든 것을 배려하여 일꾼들에게 이런저런 보상을 해주신다고 생각한다.
　　지난날을 되돌아보면 나 자신 또한 충분한 품삯을 받았다. 의사로서, 대학교수로서 행복한 가정을 이루고 살았으니 충분한 보상을 받았고, 이제부터의 삶은 보너스(덤)라 생각한다.
　　"포도밭 주인님, 감사합니다."

Dr.교

시골 의사 이야기

2

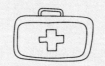

낯선 무의촌 생활

$$\sim\!\!\circ$$

　의과대학을 졸업하고 군의관으로 입대하기 위해 9주간 군사훈련을 받았다. 훈련을 마친 후 근무지가 결정되었는데 육해공군으로 발령을 받기도 하고, 병역의무를 대체하는 공중보건의로 무의촌 발령을 받기도 했다.

　내가 발령받은 지역은 보건지소가 마련되어 있었으나 오랫동안 의사를 배정받지 못해 비어 있던 곳이었다.

　보건지소는 도로변에 위치한 면사무소 뒤로 논길을 따라가다 보면 마을 끝자락에 초등학교가 있는데 그 초등학교와 담을 공유하고 있었다. 슬래브 지붕으로 덮여 있었고, 오른쪽에 진료실이 있고 가운데 복도가 있으며, 복도 건너편에 방이 2개 있어 기거할 수 있었다. 두 번째 방 뒤에는 작은 부엌이 있었는데 연탄아궁이가 있어 연탄으로 밥도 하고 두 방의 난방도 해결하게 되어 있었다.

보건지소 뒤쪽에는 약간 언덕이 지기는 했으나 200평가량의 꽤 넓은 보건지소 소유 밭이 있었다. 보건지소가 오랫동안 비어 있었던 탓에 이 밭에는 옆집 아주머니가 고추, 가지, 호박, 감자 등 다양한 작물을 심으며 사용하고 있었고, 내가 부임하자 밭을 계속 이용할 수 있게 해달라고 부탁했다. 도회지에서 온 젊은 의사가 밭을 관리할 능력이 없으니 흔쾌히 수락했고, 나는 그 밭에서 나는 고추며 가지 등을 언제든 먹을 수 있었다.

어느 무료하던 오후, 진료실에 앉아 낮잠을 즐기고 있는데 복도에서 아내의 비명이 들려왔다. 놀라서 뛰어나가 보니 신발장 부근에 시커먼 뱀이 똬리를 틀고 있는 게 아닌가. 너무 놀라 옆집에 구원 요청을 했다. 천천히 들어온 아저씨는 한 손으로 뱀의 목을 낚아챈 뒤 양말을 벗어 그 속에 뱀을 넣고선 또 나타나면 언제든지 알려 달라며 나가셨다.

아내와 나는 뱀이 출몰하는 원인이 보건지소 뒤에 있는 밭이 너무 무성해서라고 결론 내리고, 부엌과 뒷문 가까이 있는 밭의 풀을 뽑아 말끔히 정리했다.

다음 날 옆집 아주머니의 요란한 소리에 나가 보니 힘들게 심어놓은 호박, 고추, 가지 등등을 우리가 모조리 뽑아버려 농사를 망쳤다는 것이다. 어제 우리가 뽑았던 풀의 반 이상이 아주머니가 심어 키우던 작물이었던 것이다. 우리는 작물에 대한 기본교육을 받고 아주머니와 함께 다시 씨를 뿌리고 모종을 심어야 했다. '무식한(?) 서울 촌놈' 소리를 들으며….

그렇게 그곳 보건지소 생활을 3년간 하니 우리는 어느 것이 풀이고, 어느 것이 호박 싹이며 고추 모종인지 등등을 구별할 수 있게 되었고, 이후 서울 촌놈들과 대화 중 작물 이야기가 나오면 대가인 듯 목소리를 높이곤 했다.

강아지 예방접종

초등학교 시절 기차역 앞에서 4~5년 정도 살았다. 당시 역 앞은 가난한 서민들이 사는 동네였고, 조그만 집들이 다닥다닥 붙어 있어 상대적으로 많은 가구가 모여 살았다.

동네에는 내 또래 아이들이 십수 명 있었고, 매일 함께 동네를 휘젓고 다니며 다양한 놀이를 했다. 역 앞에는 조그만 마당이 있었고, 집들 사이사이의 좁은 골목은 우리의 좋은 놀이 공간이 되었다.

당시 동네에 우리보다 서너 살 위의 형이 있었는데 늘 우리의 대장 노릇을 하며 놀이를 주도했다. 비교적 부유한 집에 살던 그 형은 가끔 구슬이나 그림 딱지를 상품으로 내걸고 꼬마들이 동네를 몇 바퀴씩 도는 시합을 시키곤 했다.

어느 날 구슬을 내건 시합이 있었고, 나도 구슬을 얻으려고 그 시합에 참가했다. 단거리달리기에는 별 소질이 없으나 오래 달리기는 조금 탁월했던 나는 동네를 10바퀴 도는 시합이라 자신 있었다. 한두 바퀴를 남겨놓고 1등으로 달리고 있었으니 그날의 구슬은 모두 내 것이나 다름없는 상황이었다.

당시 역 앞마당 끝자락에 조그만 도랑이 있었는데 이 도랑을 뛰어넘어 달리고 있던 중 어디서 나타났는지 누런 개가 달려들어 내 종아리를 물고 말았다. 동네 어른들이 그 개의 털을 조금 잘라 태운 뒤 기름에 버무려서 내 종아리에 붙여주었다(당시는 이게 치료법이라 함.) 상처는 별 탈 없이 아물었지만 상품으로 내걸렸던 구슬은 다른 친구 차지가 되고 말았다.

그 일로 나는 개에 대한 두려움을 갖게 되었고, 길거리에서 개를 만나면 멀리 피해 가는 버릇이 생겼다.

약 20년 뒤 나는 결혼을 했고, 아내는 강아지를 비롯하여 모든 동물을 사랑하는 동물 애호가여서 신혼집에서도 강아지를 키우게 되었다. 아내의 큰아버지 댁에서 키우던 몰티즈가 새끼를 낳자 한 마리를 분양받은 것이다. '복동이'라 이름을 지어주고 집 안에서 키웠는데 작고 품성이 비교적 순해서 큰 어려움은 없었다.

당시 나는 공중보건의로 지방의 작은 면 소재지에서 보건지소장으로 근무하고 있었다. 그 동네에는 집집마다 개를 키우고 있었는데 대부분 풀어놓아서 내가 지나갈 때마다 요란하게 짖어대곤 했다. 어릴 적 아픈 기억으로 강아지가 있는 집 앞을 지날 때면 의기소침해서 멀리 피해 다니기 일쑤였다.

그런데 이해할 수 없는 것은 아내와 함께 갈 때면 모든 강아지들이 아내 앞에서 꼬리를 살랑살랑 흔들며 반가워하는 것이다. 아내와 강아지들 사이에 좋은 교감이 있는 것 같았다.

그렇게 한두 달이 지난 후 복동이에게 예방접종을 하게 되었다. 하지만 면 단위 동네에는 동물병원이 없었고, 예방접종을 하려면 군 소재지까지 나가야만 했다. 그래서 가끔 약을 배달해 주는 도청 소재지 도매 약국에 연락하여 강아지 예방접종 주사약을 부탁했고, 주문하는 김에 동네 강아지들에게도 접종해줄 요량으로 충분한 양을 요청했다.

주사약이 도착한 뒤 이장님께 마을방송을 청하여 동네 강아지들을 보건지소로 불러모았다. 강아지에게 예방접종을 할 때는 목 주위 피하에 주로 주사를 놓는데 당시는 어떻게 접종해야 하는지 몰라 주삿바늘을 강아지 엉덩이 근육에 깊숙이 찔러넣었다. 강아지들이 몹시 아파하는 게 느껴졌다.

이런 예방접종을 서너 번 시행했는데 그때마다 동네 강아지들이 두려움에 떨었던 것 같다. 그 후로 내가 동네를 돌아다니면 강아지들이 죄다 꼬리를 엉덩이에 박고 슬슬 도망을 갔고, 그 덕분에 나는 위풍당당하게 동네를 활보할 수 있었다.

서울 촌놈의 에피소드

~∞~

✿ 에피소드 1

내가 근무하던 보건지소 앞길 건너에는 500평쯤 되는 논이 있었다. 보건지소 창문을 통해 논을 바라보면 계절이 바뀌는 모습을 느낄 수 있다.

봄에 모를 심고, 파릇파릇 벼가 자라고, 어느새 누런 벼가 고개를 숙이면 벼 베기를 하고, 추수가 끝난 논에는 벼를 베어내고 남은 꽁지만 일렬로 줄 서 있고…. 이렇게 1년이 지나간다.

날씨가 추워지면 창문을 열 일이 없어지고, 자연스럽게 보건지소 앞 풍경은 잊혀 간다.

어느 겨울날 아내가 진료실에 들어오며 신기한 모습을 보

Dr. 고_시골 의사 이야기

았다고 한다. 이곳이 남쪽이라 겨울에도 식물이 잘 자라는 것 같다며 보건소 앞 논에 파란 벼가 또 자라고 있다고 했다. 무슨 말인가 하여 나가 보니 논에 보리가 자라고 있었다.

책에서는 보았지만 겨울에 푸르게 자라난 보리를 처음 본 아내에겐 신기했던 모양이다.

✿ 에피소드 2

언젠가 아내가 방으로 들어오며 보건지소 뒷밭에 신기한 고추가 있다고 한다. 고추나무에 파란 고추와 빨간 고추가 함께 열려 있다는 것이다. 내가 파란 고추가 시간이 지나며 붉게 변하는 것이라고 설명해도 잘 이해를 못 하는 듯했다.

지금은 파란 고추와 빨간 고추를 섞어가며 맛있는 요리를 만드는 베테랑 주부가 되었지만 서울 촌색시였던 신혼 시절의 아내를 생각하면 저절로 웃음이 나온다.

✿ 에피소드 3

어느 날인가 꽃게가 먹고 싶어 군 소재지 시장에 갔다. 그런데 아무리 시장을 돌아다녀도 붉은 꽃게를 찾을 수 없었다.

우리는 푸르틱틱한 게를 팔고 있는 아주머니에게 물어보았다.

"여기는 붉은 꽃게가 없나요?"

아주머니는 의아한 표정으로 푸르틱틱한 게를 가리켰다.

"이게 붉은 꽃게예요."

그러더니 한심하다는 듯 덧붙였다.

"이걸 익히면 붉게 변해요."

우리는 반신반의하며 그 게를 사서 끓여 보았다. 붉은 꽃게 맞았다!

유능한 수의사(?)

∽◦◦

공중보건의 시절 내가 근무하던 보건지소는 대로변이 아니라 마을 가장자리에 있었고, 뒤쪽으로는 초등학교와 맞닿아 있었다. 보건지소 왼쪽에는 집들이 있었고, 바로 옆집에는 초등학교 교사가 농사일을 하는 부모님과 살고 있었다. 교사는 신혼부부가 서울에서 내려와 고생한다며 가끔 우리를 집으로 초대하여 저녁을 대접하곤 했다.

어느 날 저녁 식사 후 아내와 한가한 시간을 보내고 있는데 옆집 교사가 소가 아프니 좀 봐 달라고 찾아왔다. 내가 난처해하자 동물병원은 군청 소재지에 나가야 있으니 그냥 한번 보아만 달라고 사정했다. 하는 수 없이 외양간으로 가서 소를 진찰(?)했다.

소는 오른쪽 뒷다리 발꿈치 부근을 아파하며 잘 걷지 못했고, 물로 씻어내니 그곳이 많이 부어 있었다. 감염에 의해 농양이 생긴 듯했다.

기왕에 진료를 시작했으니 치료도 부탁한다 하여 난감했다. 어쩔 수 없이 수술용 나이프로 농양 부위를 절개하니 많은 양의 농이 배출되었다. 소독약을 부어(?) 소독했으나 붕대를 감는 등 후속 처치를 할 수 있는 상태가 못 됐고, 외양간의 위생 상태 또한 좋지 않아 걱정되었으나 별다른 방법이 없었다.

다음 날 교사가 군 소재지 동물병원에서 항생제 주사를 구입해 왔다며 주사를 놓아달라고 부탁했다. 그리하여 소독약 붓는 일과 주사 놓는 일을 3일간 감행했다. 소에게 항생제를 어디에 어떻게 주사하는지 몰라(지금도 잘 모름.) 소 엉덩이에 대량(20cc 정도)의 주사액을 근육주사했다. 정확하지는 않지만 클로람페니콜이라는 흰색 항생제였던 것으로 기억되고, 그 순한 소가 무척 아파했던 기억도 있다.

결과는 매우 좋았다. 건강을 되찾은 소는 잘 돌아다니고, 농사일도 잘했다.

이 일이 후일 그 동네에서 다양한 동물을 치료하는 유능한 수의사(?)로 등극하는 계기가 될 줄은 꿈에도 몰랐다.

아기 돼지 치료기

드디어 수의사로 직업을 바꿀 상황이 벌어지고 말았다. 동네 강아지 예방접종 사건, 성공적인 옆집 소 농양 치료 사건 등이 알려지며 아저씨 한 분이 새끼 돼지를 안고 진료실로 들어오셨다. 포대기를 풀자 새끼 돼지 옆구리에 10cm가량의 열상이 보였다.

"선생님, 이것 좀 꿰매 주쇼."

"저는 사람 치료하는 의사지, 수의사가 아니에요."

"사람 꿰맬 줄 알면 돼지도 꿰맬 수 있는 것 아뇨."

난감한 상황이었지만 어쩔 수 없었다. 돼지 털도 깎지 않은 상태에서 대충 소독을 하고 10여 바늘을 꿰맸다. 상처를 꿰매기는 했지만 소독을 위해 돼지가 보건소를 매일 방문하는 것도 우스운 일일 것 같아 소독은 알아서 하시라고 했다.

어쩌다 이런 일이 벌어졌는지 궁금하지도 않았지만 그 후로 20여 분간 아저씨의 돼지 이야기를 들어야 했다.

돼지 젖꼭지가 몇 개인데(확실히 기억나지 않는데 대충 14~16개였다고 기억된다.) 이번에는 새끼를 젖꼭지 숫자보다 많이 낳았다는 것이다. 새끼들은 튼튼한 놈부터 좋은 젖꼭지를 차지하는데 보통 자기 젖꼭지가 정해져 있어 조금 처지는 놈은 제대로 어미젖을 먹을 수 없다고 했다(사실인지는 나도 모름.). 아마도 이놈은 젖꼭지 쟁탈전에서 밀려나며 상처가 난 게 아닌가 추측된다며, 나중에 돼지를 잡으면 몇 근 주겠다는 말씀을 남기고 돌아가셨다.

그 후로 소독을 하거나 꿰맨 실밥을 제거하러 오지 않아 새끼 돼지가 무럭무럭 자랐는지는 알 수가 없었다.

당시는 전국적으로 사육되는 돼지 숫자가 많아 동네에서 합법적으로 도축할 수 있었다. 이 동네에서도 두어 달에 한 번씩은 돌아가며 돼지를 잡은 뒤 내장 등을 삶아 동네 사람들이 함께 즐겼다. 그때마다 동네사람들이 막걸리 한두 병을 가지고 방문하였고, 나도 종종 막걸리를 사 들고 갔었는데, 새끼 돼지 사건 이후론 왠지 돼지고기를 즐겨 먹지 못하게 되었다. 40년이 지난 지금까지 부득이한 경우가 아니면 돼지고기 음식점엔 잘 가지 않는다.

고구마 한 상자

내가 근무하던 보건지소 뒤에 초등학교가 있어 아이들이 뛰어노는 모습을 항상 볼 수 있었다. 또 초등학교 교사들이 매주 수요일 오후에 편을 나누어 배구 시합을 하는 모습도 종종 볼 수 있었다.

그날도 담 너머로 배구 시합을 구경하고 있었는데 교장선생님이 내 모습을 보셨는지 퇴근길에 보건지소에 들르셔서 다음부터 같이 배구 시합을 하자고 하셨다. 환자도 별로 없고 소일거리도 마땅치 않았던 터라 매주 수요일 오후엔 교사들과 배구 시합을 하고, 저녁에는 막걸리도 한잔하며 어울리게 되었다.

그해 초등학교 졸업식에 초대받아 면 소재지에 근무하는 기관장(?) 자격으로 축사를 하고, 보건지소장 상을 만들어 중학교에 진학하는 학생들에게 영한사전을 상품으로 주기도 했다.

어느 날 교장선생님이 몸이 불편한 아이들이 몇 명 있는데 가끔 진찰을 해줄 수 있는지 물으셔서 흔쾌하게 승낙하고 학교를 방문했다. 그중 심장에 이상이 있는 아이라며 담임선생님과 함께 보건실로 들어온 여학생은 체구도 왜소하고 창백한 얼굴과 파란 입술 등 심장질환이 꽤 심각해 보였다.

당시 소아 심장병 환자에 대한 수술이 여러 병원에서 시행되고 있었지만 고가의 수술 비용 등 여러 이유로 적절한 시기에 수술받지 못하는 경우가 있었는데, 이 여학생도 경제적 이유로 수술을 받을 수 없는 상황이었다. 나는 학생의 집을 방문하여 부모님과 상의한 후 서울 병원에서 진료를 받아 보자고 했다.

학생과 함께 상경하여 내가 졸업한 의과대학 부속병원 순환기내과 교수님께 진료를 부탁했다. 예상대로 선천적 심장질환인 심실중격결손으로 진단되었고, 수술이 필요하다고 했다. 다행히 교수님과 사회사업과 선생님의 노력으로 한미재단을 통해 수술을 받을 수 있게 되었다.

서류를 작성하던 중 여학생의 시골집이 집값은 거의 나가지 않지만 부모님 명의로 되어 있어 무료 수술이 어렵다는 통보를 받았다. 부랴부랴 시골집을 친척에게 처분하는 등 우여곡절 끝에 수술을 받았다.

그해 겨울이 지나고 이듬해 봄, 건강을 회복한 여학생이 혼

Dr. 고_시골 의사 이야기

자 걸어서 등하교를 하고, 체육시간에 급우들과 함께 운동하는 모습을 기쁜 마음으로 볼 수 있었다.

1년 뒤 나는 서울 병원으로 근무지를 옮겼다. 그런데 매년 가을이면 여학생 어머니가 고구마를 한 상자씩 들고 찾아오셨다.

그 후 10여 년이 지나며 학생의 어머니를 더 이상 뵐 수는 없었지만 요즘도 고구마를 보면 가끔 그 여학생 생각이 난다. 지금은 40대 중후반의 중년 여인이 되었겠지….

고기잡채의 추억

⌇

　내가 근무하던 보건지소가 위치한 면 소재지의 면사무소 옆에는 중국집 용래장이 있었다. 주인 부부는 우리 부부보다 서너 살쯤 연상이었는데 결혼을 일찍하여 초등학교에 다니는 아이가 2명이나 있었다. 아이들이 감기에 걸리면 가끔 내게 들러 진료를 받았고, 우리 부부도 짜장면이나 짬뽕을 먹으러 용래장에 들르곤 하여 친하게 지냈다.

　당시 아내가 첫째를 임신 중이었는데, 다행히 입덧이 그리 심하지는 않았다. 그때는 일주일에 한 번 정도 군 소재지 시장에 들러 반찬거리와 식재료를 구입하고, 간단한 외식을 하는 것이 일상화되어 있었다.

어느 날인가 자정 가까이 됐는데 아내가 잡채가 먹고 싶다는 것이었다. 잡채를 만들 재료도 없고, 재료가 있더라도 내가 만들 수도 없는 상황에서 얼마나 먹고 싶으면 어렵게 저런 이야기를 꺼냈을까 생각하니, 어떻게든 잡채를 구해야겠다는 마음이 솟았다.

무작정 냄비를 들고 용래장으로 향했다. 자정 무렵이었으니 영업시간은 이미 지났고, 가게 문틈으로 불빛도 새어 나오지 않았다. 하지만 어찌하랴. 용기를 내어 문을 두드렸다.

잠이 덜 깬 눈을 비비며 나온 아저씨는 냄비를 들고 있는 나를 바라보며 몹시 어리둥절해했다. 나는 어렵사리 말을 꺼냈다. 임신한 아내가 잡채를 먹고 싶어 한다는 말과 정말 미안한데 잡채 좀 만들어 달라고 간곡히 부탁했다.

마음씨 좋은 아저씨는 흔쾌히 고기를 듬뿍 넣은 잡채를 한 냄비 만들어 주었다. 자기 아내도 입덧을 심하게 해서 그 심정 잘 안다며 잡채가 필요하면 언제든지 오라고 다독여 주었다.

따끈한 잡채를 들고 밤길을 뛰어 아내 앞에 자랑스럽게 내놓았다. 그런데 한 젓가락을 입에 넣은 아내가 못 먹겠다는 것이다. 고기 냄새 때문이라 해서 그 많은 고기를 하나하나 골라내고 다시 먹어 보라 했지만 도저히 못 먹겠다고 했다.

고민 끝에 다시 냄비를 들고 용래장으로 향했다. 진짜 죽을 죄를 짓는 심정으로 아저씨한테 다시 한 번 '고기 없는 잡채'

를 부탁했다. 그 늦은 밤에도 싫은 내색 없이 맛있는 잡채를 만들어준 용래장 아저씨를 잊을 수 없다.

　며칠 뒤 용래장 아저씨 부인이 김밥을 들고 보건지소를 방문했다. 아이들 소풍날이라 김밥을 싸는 김에 조금 더 만들어 아내에게 주려고 왔다는 것이다. 본인은 임신했을 때 김밥이 무척 먹고 싶었다며….
　용래장 부부 두 분, 감사합니다. 건강히 살고 계시죠?

Dr.고

종합병원 이야기

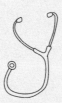

한강 위의 갈매기

⌒⌒⌒⌒⌒

일주일에 두 번 근무하는 곳이 21층에 있어 전망이 좋다. 앞에 높은 건물이 없어 멀리까지 서울 전경을 바라볼 수 있는데 맑은 날에는 남산뿐만 아니라 북한산까지 선명하게 보인다.

근무 중 가끔씩 내가 30년간 근무하던 병원, 큰아이가 살고 있는 아파트, 대법원을 비롯한 법원 단지, 친구 소유의 건물, 교육대학 운동장, 저 멀리 100층짜리 빌딩을 바라보며 스트레칭도 하고 사무실 안을 이리저리 서성이며 머리를 식힌다.

오늘도 스트레칭을 하려고 창밖을 보니 노랑나비 한 마리가 나풀거리며 눈앞에서 오락가락한다. 이상한 일이다. 주위에는 별다른 숲도 없고, 앞 건물들 옥상에도 변변한 나무 하나 보이지 않는데 노랑나비가 어디서 날아왔을까?

주위 풍경과는 어울리지 않는 노랑나비를 보니 대학 시절 교양강좌 시간이 불현듯 떠올랐다.

내가 다니던 대학에서는 한 달에 한 시간(정확히 기억나지는 않지만) 교양강좌 시간에 사회 저명인사를 초청하여 강연을 듣곤 했다. 그날 강연자는 법정 스님이었다.

스님은 강연장으로 들어오며 화장실이 어디인지 물어보곤 잠시 화장실에 다녀오겠다며 다시 나가셨다. 조금 마른 체구의 선한 인상이었지만 어딘가 날카로운 기운도 엿보였다.

강연 주제는 정확히 생각나지 않지만 몇 마디는 지금도 선명히 기억하고 있다. 스님은 시원하게 물 한잔을 마신 뒤 강연을 시작했다.

호남선 기차를 타고 상경했는데 기차가 한강 철교를 지날 때 한강 위에 갈매기가 날아다녀 이상했다고 한다. 바다 위를 노닐어야 하는 갈매기가 강물 위를 날아다니니 어색했는데 자신이 강연을 위해 강연장에 들어오며 한강 위를 날던 갈매기 같은 신세가 아닌가 하는 생각이 들었다고 했다. 땡중이 가톨릭대학에 강연을 왔으니 영락없는 한강의 갈매기가 아닌가 하여 화장실에 가서 마음을 달래고 왔다는 것이다.

스님은 무소유 말씀을 많이 했는데 그날도 '무엇을 소유해야 할까?' 하는 주제로 이야기하신 것 같다. 또 상대에 대한 편견을 버려야 한다고도 하셨다. 땡중도 가톨릭대학에 올 수 있고, 갈매기도 강물 위에서 노닐 수 있고, 강물 위를 나는 새도 바다를 즐길 수 있다고 했다. 어떤 이를 한정 지어서 판단하지 말고, 스스로 자신을 한정 짓는 것도 삼가야 한다고 하셨다.

창밖의 노랑나비가 낯설었던 것은 노랑나비의 능력을 한정 지었던 내 편견 때문이었고, 사무실에서 보이지 않는 건물 뒤로 우면산이 그리 멀지 않다는 것을 인지하지 못한 나의 무지 때문이 아닌가 하여 머쓱해졌다.

그 사이 노랑나비는 멀리 사라져 보이지 않았다.

Dr. 고_종합병원 이야기

내가 만난 추기경님

～○

나는 진료가 있는 날에는 조금 일찍 외래에 나가 예약 환자가 몇 명이나 있는지, 미리 확인해야 할 특별한 검사 결과가 있는지 등등을 진료 시작 전에 살펴본다.

언젠가 '김수환'이라는 환자가 예약되어 있어 '추기경님과 동명인 환자구나.' 생각했다. 추기경님이 진료를 신청하셨다면 원목실이나 교구청에서 미리 연락을 줄 것이기 때문이다.

여느 때와 마찬가지로 바쁘게 서너 명의 진료를 마치고 한숨 돌리고 있는데 다음 환자가 문을 열고 들어왔다. 추기경님이었다! 먼발치에서만 몇 번 뵈었지, 이렇게 가까이서 뵙기는 처음이라 당황스러웠다. 벌떡 일어나 정중하게 인사드렸더니 추기경님이 "환자 왔어요, 교수님." 하시는 것이었다.

"요즘 무릎 관절이 부어오르며 통증이 심해 걷기가 힘들어요. 복잡한 검사 말고 간단하게 치료해 주세요."

나는 간단한 진찰과 함께 단순 방사선 검사와 통증을 조절할 수 있는 경구약을 처방했다. 또 피해야 할 자세를 말씀드리고, 몇 가지 운동을 알려드렸다.

일주일 후 다시 외래를 방문하신 추기경님께 운동 열심히 하셨냐고 여쭤보았다.

"그럼! 나 운동 열심히 했어요."

그런데 추기경님 뒤에 서 있던 비서 수녀님이 고개를 좌우로 흔들며 입 모양으로 표현하셨다.

"운동 안 하셨어요."

내가 웃으며 수녀님을 쳐다보자 추기경님이 눈치를 채셨다.

"유스티나! 아니, 좀 전에 나하고 약속했잖아, 운동 열심히 했다고 하기로."

"추기경님, 왜 운동하지 않으셨어요?"

"나 바빠서 시간이 없어요. … 사실은 시간 지켜 운동하는 게 쉽지 않네요, 시간은 많은데."

진찰을 위해 바짓단을 올려보니 추기경님 정강이가 살짝 긁히고 핏자국도 보였다.

"이건 왜 그래요, 추기경님?"

"가려워서 긁었어."

"추기경님, 가려우면 기도하셔야죠."

"이 사람아, 그게 기도로 돼? 긁어야지. 당신도 내 나이 돼 봐. 피나게 긁을 거야."

진료실에 있던 전공의, 간호사와 함께 한참을 웃었다.

그날 추기경님은 무릎 주사를 맞으셨고, 열심히 운동할 것을 굳게 약속하시곤 진료실을 나가셨다.

한 달 정도 지나 추기경님을 다시 뵐 수 있었다. 정강이엔 여전히 긁힌 자국이 있었지만 예전보단 많이 좋아졌고, 내게 "기도하라 해서 했더니 덜 가렵던데." 하셨다. 수녀님 이야기로는 잔소리를 많이 한 수녀님 덕이라고 했다.

추기경님은 무릎 통증이 많이 좋아져서 설악산도 다녀오셨다고 했다. 산행 중에 어떤 노인이 추기경님을 보고 알은척을 해서 반갑게 인사를 나누었는데, 그분이 "김수환 추기경 많이 닮았네." 하셨단다.

"아니, 나를 못 알아보는 노인네가 있어, 참. 나는 내가 유명한 줄 알았는데…."

멀게만 느껴지고, 높은 데 계신 분인 줄만 알았는데 가깝고 낮게 계신 분이었다. 대기실에서 환자와 보호자들의 손을 일일이 잡아주시며 다정한 말씀도 나누시고 축복을 주시던 추기경님의 뒷모습이 아직도 눈에 선하다.

몇 년 후에는 정진석 추기경님을 병실에서 뵈었고, 일주일에 두세 번 명동 주교관을 방문하여 필요한 운동을 함께 연습했다. 매사에 철저하신 추기경님은 정해진 스케줄에 따라 모든 운동을 소화해 내셨다. 회복 속도가 일반 환자에 비해 매우 빨랐으며, 그해 예정된 부제와 사제 서품식도 완벽하게 수행하셨다.

정진석 추기경님은 몸이 불편하신데도 불구하고 올곧은 자세와 품위를 잃지 않았으며, 가끔 던지시는 유머도 일품이었다. 신학대학 입학 전에 다니셨던 중앙고등학교와 서울공대 이야기, 청주교구장 시절 이야기와 서울대교구에서 시행하신 작은 교회(성당) 이야기를 즐겨 하셨는데, 외적으로는 엄했지만 안으로는 인자하셨던 우리 아버지 같았다.

염수정 추기경님은 서울대교구에서 개최한 제1회 'DMZ 국제청년평화순례'에서 뵈었다. 나는 무서워서 참가하지 않았던 한탄강 래프팅을 세계 각국에서 온 청년들과 함께 하며 즐거워하셨는데, 건강하고 소탈한 모습이 좋아 보였다.

그 후 추기경님의 동유럽 교구 및 성지 순방 때 주치의로 동행했는데 진지하면서 순수하신 모습이 인상적이었다. 유럽 교구 추기경님들과의 합동 미사뿐만 아니라 우리 일행을 위한 매일 미사도 직접 집전해 주시고, 빠듯한 일정에도 젊은이들 못지않게 활동적이셔서 주치의인 나는 별로 할 일이 없었다. 또 가끔 내가 추천한 와인을 드시곤 당신이 맛본 최고의 와인이었다고 칭찬하셨다.

"나도 주사 한 방 놔주세요"

～⌒～

최근 의학의 발전은 의사 입장에서도 상상을 초월한다. 헤아릴 수 없이 많은 새로운 의학 정보가 장맛비같이 쏟아지고, 의사들이 공유하는 학회나 전문 매체에서 하루가 멀다 하고 발표되는 전문 지식에 머리가 아플 지경이다.

그뿐만 아니다. 일반인들도 인터넷이나 방송 매체를 통해 수많은 의학 정보를 접하고 있어 병원을 방문하는 일부 환자는 의사보다도 새로운 의학 지식을 더 많이 알고 있는 듯하다. 또 주위의 여러 환자들과 정보를 공유하며 병원이나 의사를 소개받고 진료를 신청하는 경우가 대부분이다.

내게 외래진료를 신청하고 진료실에 들어온 환자가 "선생님, 제 친구가 저랑 똑같은 증상이 있었는데 선생님께 진료를 받고 나왔다고 해서 왔습니다." 하고 말하면 "아, 그러세요? 어떻게 불편하세요?" 하며 응해 준다.

"오른쪽 팔목이 며칠 전부터 아프고 저립니다."

"한번 보겠습니다."

이런저런 진찰 후 환자에게 간단한 검사를 하자고 하면 몇몇 환자들은 이런 이야기를 한다.

"선생님, 제 친구는 선생님께 주사 한 방 맞고 나았다는데 그냥 주사 놔주세요."

어쩌면 한국의 의료 현실에서 당연한 이야기인지도 모르겠다. 과잉 진료를 하지 않을까 하는 의사에 대한 약간의 불신이 존재하고, 이런저런 경로를 통해 많은 의학 정보를 접하면서 자신의 질환에 대한 진단이나 치료를 이미 어느 정도 결정(?)하고 병원을 방문한 경우가 많기 때문이다.

이런 경우 나는 환자의 이해를 돕기 위해 종종 전구 이야기, 자동차 이야기 등으로 진료를 진행한다.

방에 불이 들어오지 않으면 대부분 전구의 문제이지만 전선이나 스위치 또는 두꺼비집의 문제일 수도 있다. 가끔은 집밖에 있는 전봇대의 문제일 수도 있고, 드물게는 변전소나 발전소의 문제일 수도 있다.

환자 입장에서는 본인의 증상이 친구의 증상과 동일하다고 느껴지지만 그 원인이 전혀 다를 수 있고, 원인이 다를 경우는 당연히 치료법도 달라질 수밖에 없다. 증상에 따라 문진이나 간단한 수기 검사를 통해 진단을 할 수도 있지만 정밀한 검사가 필요한 경우도 있다.

부연하면, 서울에서 떠난 차가 제시간에 부산에 도착하지 않는다면 차에 이상이 있을 수도 있고, 도로 사정이 나쁠 수도 있는 것이다.

도로 사정이 문제라면 교통사고로 인한 정체이거나 도로를 보수하는 경우일 수 있다. 또 수원 부근의 문제일 수도 있고, 대전 부근의 문제일 수도 있고, 대구 부근의 문제일 수도 있다. 도로의 문제일 경우도 경부선의 문제인지, 중앙선의 문제인지를 구별해야 한다. 또 서울에서 떠난 자동차가 부산에는 늦게 도착하고 대전에는 제시간에 도착했다면 대전 이후 도로의 문제이고, 대전에도 늦게 도착했다면 대전 이전 도로의 문제일 가능성이 높다.

이와 같이 보이는 현상은 같을지라도 그 원인이 다를 수 있어 정확한 치료를 위해서는 적절한 진단 검사가 필요하다.

비슷한 증상을 호소하는 환자의 경우도 그 원인이 조금 다를 수 있고, 이런 원인을 간단한 진찰로 구별하기 힘든 경우가 있다. 이럴 때는 간단하고 비침습적인 검사부터 시작한다. 이런 간단한 검사를 통해 진단이 가능하면 치료 또한 간단하고 비침습적인 방법부터 시작한다. 진단이나 치료를 시작할 때는 비용도 저렴하고 덜 고통스러우면서 시간 소모도 적은 방법부터 실시하는 것이다.

예를 들어 간단한 생활습관의 변화나 자가운동으로 해결할 수 있으면 첫 치료로는 그 방법을 권하고, 다음 단계로는 간단한 약제의 복용이나 물리치료 등을 시행한다. 그다음에는 주사치료 등을 이용하고, 일정 기간 치료 후에도 증상의 호전이 없다면 수술 등 침습적인 치료 방법을 권하게 된다.

물론 예외적으로 응급수술을 요하는 환자도 있고, MRI 등 고가의 최신 진단 방법을 조기에 사용해야 되는 경우도 있다. 이런 예외적인 경우가 발생하면 환자나 보호자에게 상황을 자세히 설명한 뒤 진료를 진행한다.

외래진료를 진행하며 환자와 의사 간에 신뢰가 형성되면 대부분의 경우 별문제 없이 진단과 치료가 이루어진다.

대학병원에서 근무한 나에게는 진료를 위해 환자에게 할애할 수 있는 시간이 비교적 많아(충분하지는 않았지만!) 큰 어려움이 없었지만, 대부분 충분한 시간을 갖고 진료를 시행할 수 없는 우리나라의 의료 현실상 많은 의료기관에서 환자와 의사 간의 소통에 어려움이 있는 것이 사실이다.

가까운 장래에 이런 문제들이 해소되어 환자와 의사 간에 신뢰가 형성되고, 모두가 만족하는 진료가 이루어질 수 있기를 소망해 본다.

올바른 진통제 복용

～⌒∽

　나는 주로 입원한 뇌졸중 환자들의 급성기 재활치료를 담당했지만 외래진료 시에는 다양한 근골격계 질환자를 진료했다. 대부분의 근골격계 질환자들은 근력 저하, 감각 이상, 관절 구축 등의 증상과 함께 통증을 호소하는데 질환의 중증도에 따라 검사가 진행된다. 그러고 나서 약물치료, 물리치료, 주사치료 등 다양한 치료가 병행되고, 1~2주 뒤 다시 진료하면서 그간의 검사 결과와 치료 효과를 살피게 된다.

　치료 후에도 지속적으로 심한 통증을 호소하는 일부 환자 중에는 처방한 약제를 복용하지 않은 경우가 있다. 이유를 물으면 "진통제가 몸에 해로워서 복용하지 않았다."고 대답한다.

진통제는 병을 악화시키고 위장 장애 등 부작용이 심해서 복용하지 않았다고도 한다. 이럴 때는 어떻게 설명해야 할지 망설여진다.

　전 국민 건강보험제도와 의약분업이 이루어지기 전에는 병원비가 비쌌을 뿐만 아니라 병원 문턱이 높아 환자들이 병원을 방문하기가 수월하지 않았다. 이때는 약국에서 간단하게 증상을 없앨 수 있는 진통제 처방을 받아 복용하곤 했다. 당시 무분별한 진통제 복용이 많은 부작용을 초래하고 질병을 악화시킬 수 있어 정부와 의료단체에서 진통제 남용을 예방하기 위한 홍보를 다양하게 실시했다. 이런 이유로 많은 국민들이 진통제 부작용에 대해 알게 되면서 복용을 꺼리기 시작했다.

　그러나 정확한 진단 후 치료를 시행하면서 고통을 줄이기 위한 진통제 복용은 필요하며, 대부분의 진통제는 항염 기능이 있어 염증을 완화하고 통증을 조절해 준다. 또한 최근 개발된 진통소염제는 위장 장애를 거의 유발하지 않을 뿐만 아니라 복용 횟수도 최소화하여 비교적 안심하고 복용할 수 있다.

　정확한 진단 후에 처방된 진통소염제를 복용하는 것은 질병 치료를 위해 매우 중요하다.

병들어 죽으나 못 먹어 죽으나

〜∾〜

전공의 시절 뇌졸중 환자를 많이 접할 수 있었다. 뇌졸중은 어느 집안에나 한 명쯤은 있을 만큼 유병률이 높은 질환이고, 다양한 후유증을 남겨 조기 치료가 매우 중요하다. 우리 집안에는 다행히 뇌졸중 환자가 없어 내 마음에 심각하게 다가오지 않았었다.

그러던 중 아버지가 뇌졸중으로 쓰러지는 일이 발생했다. 다행히 조기에 적극적으로 재활치료를 받으신 덕에 보행이 조금 힘들기는 했지만 대부분의 일상생활을 하는 데는 불편함이 없을 정도로 회복되셨다.

하지만 지속적인 재활치료와 함께 뇌졸중 재발을 예방하기 위한 약물치료와 식이 조절을 병행해야 했다. 그래서 병원

영양과에서 실시하는 고혈압 및 당뇨 환자를 위한 뷔페에 참가하여 가정에서 시행해야 할 식단 교육을 받았다.

퇴원하신 후 저염식을 기본으로 음식을 만들어 드렸는데 식사를 잘 못 하시며 우리가 먹는 반찬을 드시곤 했다. 이에 어머니께서 다른 가족과 분리하여 식사하시도록 아버지 밥상을 따로 차려 드렸다.

하루하루 힘들게 버티시던 아버지는 며칠 후 결국 숟가락을 내려놓으셨다.

"차라리 굶어 죽으면 죽었지, 더 이상은 못 먹겠다."

아버지가 드시던 음식을 먹어 보았는데 간이 덜 되고 양념 맛도 없어 나도 먹기가 힘들었다. 수십 년간 길들여진 입맛을 하루아침에 바꾸는 게 쉽지는 않을 것 같았고, '병들어 죽으나 굶어 죽으나 마찬가지'라는 아버지 말씀에 어느 정도 공감이 되었다. 결국 복용 중인 약을 잘 드실 것을 약속한 뒤 가족들과 같은 음식을 드시기 시작했다.

그 후로 아버지는 식사도 잘하셨고, 오랫동안 건강에 별문제 없이 지내셨다.

재활의학 전공의를 마치고 대학병원 교수로 근무하며 수많은 뇌졸중 환자를 치료하는 주치의로 생활하게 되었다. 그러면서 환자와 환자 보호자의 영양 상담을 위해 영양과에 의뢰를 했다. 또 환자들에게 저염식이나 당뇨식 등을 처방하도록 전공의들에게 지시하기도 했다.

그러나 회진을 돌다 보면 병원에서 제공되는 저염식이나 당뇨식 대신 집에서 만들어 온 다양한 반찬을 먹고 있는 환자들을 볼 수 있었다.

어느 날 저염식을 처방받고 있는 환자가 하소연했다.

"선생님, 죽어도 병원 죽은 못 먹겠습니다. 욕지기가 나서 토할 것 같아요. 한번 드셔 보세요."

불현듯 몇 년 전 아버지 말씀이 생각났다.

"그럼 약을 잘 드시겠다고 약속하면 일반 밥으로 드리겠습니다."

환자는 반드시 그러겠다고 약속했다.

당시 환자 병실이 다인용이었는데 옆 침대 환자가 자기도 일반 밥을 달라고 했다. 그 환자는 내 환자가 아니라 난감했다. 담당 선생님께 잘 말씀드려 보시라고 말하곤 황급히 병실을 나오는데 뒤에서 환자들이 박수를 치며 환호성을 지르는 소리가 들렸다.

그 후로 아주 특별한 경우가 아니면 일반 밥을 처방하고, 복용하는 약을 잘 드시도록 환자와 보호자에게 당부했다.

이 이야기가 글로 나가면 많은 저항을 받을 수도 있어 조심스럽다. 하지만 수십 년간 길들여진 입맛을 바꾸기란 결코 쉽지 않다. 건강 회복이나 질병 예방을 위해서는 적절한 영양 공급이 매우 중요하므로 먹기 힘든 음식을 강요하는 것도 문제가 아닌가 생각한다.

의학의 발달로 효과적이며 복용하기 간단한 다양한 약제들이 제공되고 있는 현실에서 입맛에 맞는 음식을 충분히 섭취하여 건강을 되찾는 것도 좋은 치료법이 아닐까?

병원의 톰과 제리

～o

어릴 적 〈톰과 제리〉라는 미국 만화영화를 즐겁게 보았던 기억이 있다. 둘은 앙숙인 양 만날 때마다 실랑이를 하지만 둘도 없는 친구이자, 영원한 승자도 패자도 없다.

병원에서 진료부의 큰 축이 의사와 간호사인 것은 분명하다. 간호법 제정에는 의사협회가 반대하고, 의사가 파업하면 간호협회에서 비난 성명을 발표하곤 하여 두 분야 간 갈등이 심각한 것처럼 회자되고 있지만, 어떤 분야건 늘 함께 일하는 사람들 간에 애증이 있게 마련이고, 이는 당연한 현상이다. 두 분야 간에 갈등이 있다 하여 당사자끼리 원수지간인 것은 아니며, 오히려 다른 분야 사람보다 더 친밀한 관계다.

대학 때는 간호학과 학생들과 동아리 활동을 함께 하거나 MT를 가서 즐겁게 지낸 추억도 있다. 내 동료 중에 간호사와 결혼한 친구가 있을 뿐만 아니라, 나 또한 정년퇴임 후에도 몇몇 간호사와 여전히 교류하고 있다.

　　내가 전공의 수련을 하던 시절에는 지금처럼 전자 차트가 아닌 수기 차트를 이용했다. 검사 처방이나 약 처방을 할 때면 먹지를 대고 기록한 뒤 처방전 한 장을 검사실이나 약제과에 보내야 했다. 입원 환자가 많은 경우 병실에서 이를 작성하려면 시간이 오래 걸렸고, 바쁜 일정에 쫓기는 경우가 많았다. 또 당직 시 새벽 시간에 처방전 한두 개 때문에 수시로 병실에 불려 나가면 몹시 힘들고 짜증도 났다. 특히 병실 간호사와 사이가 나쁘거나 다툰 경우는 이런 일이 늘어날 수 있다.
　　그러나 좋은 관계를 유지하게 되면 전화 통화만으로 간호사가 처방전 한두 장을 대신 작성해 주어 야간 당직 시 덜 피곤할 수도 있고, 회진 준비나 드레싱 시간에 도움을 받아 수월한 전공의 시절을 보낼 수 있다. 나는 가끔 아이스크림이나 케이크를 나눠 먹으며 간호사들과 좋은 관계를 유지하려고 노력했다.
　　또 의국 회식이 있을 때면 가끔 병동 간호사들을 초대하여 친목을 도모하고, 병동에서 하지 못한 고충에 대한 의견도 교환하여 갈등의 소지를 없애려고 애썼다. 병동 간호사뿐만 아니라 외래 간호사들과의 관계도 돈독히 하고, 그들의 이야기를 들으려고도 했다. 환자와 간호사 간 갈등이 있으면 내가 나서서 중재하거나 해결했고, 집으로 초대하여 다과를 나누기도 했다.

김영란법이 시행되고 코로나로 인해 대학에서 성대한 정년퇴임식 풍습이 사라졌다. 하지만 서운한 마음에 지난해 재활의학과 교실원들과 정년퇴임을 빙자하여 간단한 저녁 모임을 가졌다. 나는 이 자리에 지난 시간 함께 일했던 간호사들을 초대했다. 20~30년간 나와 함께했던 거의 모든 간호사가 참석하여 무척 감사했다.

씩씩한 휠체어 소녀

~~∘~~

대전성모병원에서 서울성모병원으로 근무지를 옮긴 지
얼마 지나지 않아 외래진료실에 한 소녀가 방문했다. 초등학교
3~4학년쯤 돼 보이는 소녀는 엄마가 밀어주는 휠체어를 타고
진찰실로 들어와 밝게 웃으며 말했다.

"선생님, 저 걷게 해주세요."

경상도 쪽 소도시 병원에 다니다가 서울 큰 병원에서 딸을
치료하기 위해 일가족 모두가 서울로 이사 왔다는 말을 소녀 엄
마한테 들었다. 잘 치료해야 된다는 부담감이 밀려왔다.

진찰과 몇몇 검사를 통해 나온 소녀의 질환은 '다발성 피
부근염'이었다. 그러나 시간이 꽤 경과하여 약물치료 등을 시
작할 수 있는 단계는 아니었기 때문에 위축된 근육을 강화하

고 구축이 일어난 관절의 운동범위를 늘릴 수 있는 재활치료를 시작했다.

수년간 열심히 재활치료를 받은 결과 소녀는 식사와 세면, 옷을 입고 벗는 일, 대소변 처리 등 대부분의 일상생활 동작을 혼자서 수행할 수 있었고, 보조기를 이용하여 단거리 보행도 가능해졌다. 그러나 장거리 이동은 휠체어를 이용해야만 했고, 거의 매일 치료를 받느라 정규교육을 받지 못하는 상태였다. 그래도 소녀는 여전히 명랑했고, 매우 긍정적인 사고를 갖고 있어 외래 간호사나 치료사들과도 친밀하게 지내며 귀여움을 받았다.

어느 가을 외래진료가 끝날 무렵 소녀가 진료실로 들어와 심각한 표정으로 시간 좀 내달라고 했다.

"선생님, 전 앞으로 어떻게 살아야 해요?"

갑작스러운 질문에 몹시 당혹스러웠다.

"그래, 그 문제에 대해서 같이 생각해 보자. 부모님하고는 상의해 봤니?"

상의하지 않았다고 하여 그럼 언제 한번 부모님과 같이 만나자고 했다.

며칠 후 소녀의 엄마와 셋이 만나 이런저런 이야기를 나누다 초·중·고등학교 과정 검정고시 준비를 제안했다. 소녀와 엄마는 흔쾌히 동의했다. 그 후 소녀는 가끔 진료실을 방문했고, 그때마다 검정고시 준비 상황에 대해 조잘조잘 자랑을 했다.

기특하게도 소녀는 2년 만에 고등학교 졸업 검정고시까지 통과했고, 이제는 대학에 가겠다고 또 상담을 신청했다. 나는 우리나라보다는 장애에 대한 인식이 앞서 있는 미국 대학에서 공부하는 것을 권했다. 당시 큰아들이 미국에서 고등학교를 다니며 SAT 대비를 하고 있어 미국 대학 입시 정보를 갖고 있던 터라 이를 공유하고, 수시로 큰아들과 정보를 교환하며 SAT 공부를 시작하게 했다.

소녀는 놀랍게도 2년 만에 높은 점수를 획득했고, 미국 여러 대학에서 입학 허락을 받았다. 소녀는 일리노이 주립대학을 선택했고, 심리학을 전공하게 되었다.

대학 입학에 앞서 K 교육재단에 소녀에 대한 사항을 상세히 소개하고 소녀의 희망과 노력이 좌절되지 않도록 후원을 요청했는데, 그 재단으로부터 대학 4년간의 학비를 후원하겠다는 약속을 받았다. 한편 일리노이 주립대학에 소녀의 장애에 대한 내용을 편지로 자세히 알렸고, 기숙사와 자원봉사자 배정을 약속받았다. 또 소녀의 편의를 위해 전동 휠체어 출입이 가능하도록 기숙사에 램프를 설치해 주겠다고도 했다.

소녀는 대학을 우수한 성적으로 졸업했을 뿐만 아니라 재학 시절 학교를 대표하여 대학 홍보에도 기여했다. 대학 졸업 후에는 명문대인 미주리주 세인트루이스 워싱턴대학교

(WashU, 워슈)에서 석박사 학위를 취득했는데 한국 K 교육재단에서는 소녀의 대학원 과정 학비 역시 지원했다.

10여 년간의 미국 유학생활을 마치고 귀국한 소녀는 한국에서 꿈을 실현하려 많은 노력을 했으나 전공을 살려 일할 수 있는 기회를 갖지는 못했다. 한류가 세계를 제패하고, 한국의 국제적 위상이 높아졌다고는 하나 장애를 갖고 있는 여성이 국내에서 꿈을 펼치는 데는 많은 제약이 있음을 실감했다.

가끔 소녀를 만나 보면 여전히 예전의 그 씩씩함(?)을 간직하고 있어 그나마 위안이 된다. 이제는 40대 여인이 되었지만 내게는 아직도 명랑하고 씩씩한 소녀로 남아 있다.

올바른 의료문화

∽◦

고등학교 동창한테 전화가 왔다.

"너네 병원 ○○과 L교수 진료 좀 부탁한다."

진료 예약을 하니 1년 반쯤 기다려야 한다는 것이다.

이런 경우는 조금 난감하다. 진료 날짜를 변경하기도 힘들지만 김영란법 발효 이후라 이런저런 문제가 있을 수 있기 때문이다. 또 대학병원에는 많은 교수가 근무하고 있는데 개중에는 친분이 없는 교수도 있다. 그래서 그런 경우는 동일한 전공의 다른 교수 진료를 조심스럽게 권해 보기도 한다.

진료 예약이 밀려 있는 교수들의 경우 실력이 출중한 분도 있지만 매스미디어를 통해 홍보가 이루어진 뒤 예약이 폭주하는 경우도 있다. 동일한 전공을 하고 있는 교수들의 실력 차이라는 것이 아주 예외적인 경우를 제외하고는 그리 크지 않으므로 빠른 진료를 원한다면 생각을 바꾸는 편이 좋다.

만성적 질환을 갖고 있거나 다른 병원에서 지속적인 관리를 받고 있는 환자가 진료 교수를 변경하고 싶다면 1년이든 2년이든 기다렸다 진료를 받아도 무방하다. 하지만 어느 분야나 마찬가지로 의료 분야에도 타의 추종을 불허하는 뛰어난 실력을 발휘하는 진정한 명의가 있을 수 있으나 매우 드문 경우라 생각되고, 촌각을 다투는 질환이 있는 환자가 소위 '명의'의 진료를 위해 1~2년을 기다리는 것은 무모한 일이다.

40여 년간 의사 생활을 한 나로서는, 1~2년 기다려야 자신의 진료를 받을 수 있다고 자랑하는 의사가 있다면 진정한 의사라고 생각하지 않는다. 진정한 명의는, 진료가 시급한 환자라면 일주일 이상, 아무리 양보해도 1개월 이상 환자를 기다리게 해서는 안 된다.

예약이 밀린다면 동일한 전공의 동료 교수에게 진료받기를 권하든지, 장기적으로 추적 관찰을 하고 있는 환자를 지역 의료기관에서 진료받을 수 있도록 유도하는 노력을 해야 한다. 진료를 위해 1~2년을 기다리겠다는 환자가 과연 3차 의료기관(상급종합병원)인 대학병원에서 진료를 받아야 할 만큼 위중한 환자인지도 의문이다. '남의 죽을병보다 나의 고뿔(감기)이 더 급하고 중하다'고 생각하는 현실에서 누구를 탓하기는 힘들지만 신중하게 생각해볼 문제다.

나는 환자를 진료할 때 '내 가족이라면 무슨 검사를 하고, 어떤 치료부터 시작할까' 고민한다. 가능하면 간단하고 비용이 덜 드는 검사를 선택하고, 치료 또한 비침습적이며 간단한 방법을 우선 권한다.

여러 매체에서 의학 정보가 홍수처럼 쏟아지는 요즘은 환자 스스로 진단하고 간단한 치료 방법까지 염두에 두고 진료실을 방문하는 경우가 많다. 일부는 MRI 같은 검사를 하고 싶다거나 어떤 주사를 처방해 달라고 요청하기도 한다.

진단과 치료를 위해 꼭 필요한 검사나 치료 방법이 아니면 정중하게 거절한 뒤 환자에게 적절한 검사나 치료에 대해 설명한다. 대부분의 환자는 내 권고를 받아들이지만 가끔 다른 과나 다른 병원에서 본인이 원하는 검사를 받고 오는 환자도 있다.

여러 매체에서 교육방송처럼 홍보하고 있는 왜곡된 의학 상식 프로그램, 주기적으로 유행했다 사라지는 건강식품, 정규 프로인 양 방영되는 의료기관 홍보 방송, 실손보험의 허점 등등이 개선되어 올바른 의료 문화가 정착되기를 희망해 본다.

의사 복장

◁～◯～▷

어느 병원의 직원 복장 규정이 문제가 되었다는 인터넷 기사를 본 적이 있다. 엄격한 복장 규정은 개인 자유를 침해할 수 있다는 의견이었다.

1990년대 중반 미국 병원에서 연수할 때 그곳의 의사나 간호사 복장이 우리와 많이 달라 흥미로웠다. 특히 의사들이 구두가 아닌 운동화를 신어 신기했는데 내가 운동화를 신고 근무해 보니 편해서 좋았다.

연수를 마치고 병원으로 복귀하여 원장님께 귀국 인사를 하러 간 자리에서 우리도 운동화를 신고 근무하면 어떻겠냐고 건의했다가 핀잔만 들었다.

"네가 원장 돼서 해."

우리나라 의사 사회는 보수적이라 전통적으로 내려오는 불문율적 복장 규정이 있었다. 십수 년 전까지만 해도 여의사가 바지를 입고 근무하면 선배 여의사에게 불려가 주의를 들었다.

요즘은 자율화 시대라고 하지만 나는 어느 정도의 복장 규정은 필요하다고 생각한다. 너무 난잡하거나 진료하는 데 불편한 복장은 지양해야 한다.

전공의 시절 존경하던 주임 교수님이 계셨다. 교수님이 후배 교수나 전공의들에게 험한 이야기를 하거나 화내시는 것을 한 번도 보지 못했다.

언젠가 여느 때와 마찬가지로 아침 회진을 마친 후 이런저런 사항을 보고드리기 위해 교수님 연구실에 들렀는데 심기가 조금 불편해 보였다. 일상적인 보고를 마친 후 교실에서 무슨 일이라도 있었는지 조심스럽게 여쭤보았다. 교수님은 등산할 때는 등산복을 입고, 수영장에 가면 수영복을 입는 게 좋지 않겠냐고 하시곤 더 이상 말씀하지 않으셨다.

곰곰이 생각해 보니 전날 교실원들을 위한 정기 월례 집담회가 있었는데 여선생님의 복장이 마음에 걸렸었다. 흰색 패딩에 청바지를 입고 발표를 하여 내 눈에도 거슬리긴 했다.

교수님께 다음부터 집담회 발표자는 병원 가운이나 단정한 복장을 갖추도록 하겠다고 말씀드렸다. 다음 날 교실의 모든 전공의를 소집하여 복장에 대한 주의를 환기시켰다.

세월이 흘러 내가 교실의 주임교수를 맡게 되었고, 시대는 변했지만 나는 고지식한 채로 남아 있었다.

매년 새 학기가 되면 새로운 전공의가 들어오고 신입 전공의를 환영하는 입국식이 열린다. 입국식은 매년 교실에서 벌어지는 중요한 몇몇 행사 중 하나로, 모든 교실원이 참석하여 성대하게 치러진다. 이때는 모두가 정장 차림으로 참석하는 것이 상례화되어 있다.

그해에도 입국식이 열렸는데 신입 남자 전공의 한 명이 청바지 차림에 점퍼를 입고 나타났다. 여러 교수들이 약간은 의아한 시선으로 바라보았지만 아무도 그 신입에게 이런저런 이야기를 하지 않았다. 교실에서 가장 어른이었던 내가 나서지 않을 수 없었다.

조용히 그를 불러 지금 입국식이 얼마나 중요한 자리인지 설명한 뒤, 신입 전공의 환영을 위해 나를 비롯하여 교실원 모두가 정장을 입고 나왔는데 처음 인사를 온 신입이 이런 복장을 하고 나온 것은 큰 실수라고 혼냈다. 우연인지는 몰라도 그 전공의는 6개월 후 전공의 수련을 중도에 포기하고 우리 교실을 떠났다.

나는 전공의 시절 야간 당직을 설 때도 병동에서 환자가 불편해한다는 연락이 오면 넥타이 차림에 구두를 신고 올라가 환자를 진찰했다. 그것이 환자에 대한 예의이며, 적절한 복장이 환자와 의사 간의 신뢰를 높일 수 있다고 생각했다. 물론 교수 생활을 하는 동안에도 이런 신념을 지키려고 노력했다.

그러나 요즘은 가운 단추는 풀어헤치고, 후줄근한 티셔츠에 슬리퍼를 신고 다니는 젊은 의료진을 종종 볼 수 있다. 이런 모습을 보고 마음이 불편해지는 나는 구시대의 유물인가?

오늘도 나는 넥타이를 매고 출근을 한다.

자문 학생과의 만남

〜ဢ〜

1990년대 말 미국 연수를 마치고 귀국하여 진료와 연구뿐만 아니라 교실과 학회 일로 정신없이 지내고 있었다. 어느 날 오후 진료를 마쳐 갈 때쯤 의과대학 본과 3학년과 4학년 학생 2명이 찾아왔다. 운동선수처럼 어깨가 떡 벌어진 건강한 체구의 학생과 좀 마른 체구에 키가 큰 학생이었는데 내가 자신들의 자문 교수로 지정됐다는 것이다.

우리 대학에서는 의과대학 입학생에게 자문 교수를 지정하고 학생들의 멘토로서 역할을 수행하도록 하는 제도가 있다. 두 학생에게도 자문 교수가 있었으나 그 교수님이 정년퇴임을 하여 새로운 자문 교수로 내가 지정된 것이다.

학생들과 저녁을 함께 하며 많은 이야기를 나누었고, 종종 만날 것을 약속했다. 학생들이 임상 실습을 하게 되면서 병원에서 자주 마주치게 되었고, 시간이 있을 때는 내 연구실에서 차도 마시며 많이 친숙해졌다.

다음 해부터 매년 자문 학생이 한두 명씩 들어오며 모임이 확대되어 1년에 4~5회 정기 모임을 갖고 이런저런 상담도 병행했다. 처음 자문 학생이었던 2명이 인턴을 마치고 우리 과에서 재활의학을 전공하게 되면서 자문 학생 모임이 더욱 활성화되었다.

어느 해부터는 매년 2박 3일 MT도 진행했고, 내게 여러 가지 고민을 상담하기도 하지만 선후배 자문 학생끼리 서로 정보를 교환하는 등 모범적인 모임으로 발전했다. 몇 년 후에는 '모범적인 학생-교수 모임' 사례로 인정받아 우리 대학 의과대학 평가 시 평가단 앞에서 자문 학생 모임 활동에 대해 발표하기도 했다.

그러는 동안 자문 학생이 30여 명으로 늘었다. 그중 4명은 재활의학을 전공하여 나와 같은 길을 걸어가고, 나머지도 다양한 전문 과목 전문의로 훌륭하게 성장했다. 몇 명은 세례를 받으며 내 대자가 되었고, 또 몇 명은 결혼할 때 내가 주례를 서기도 했다. 결혼한 자문 학생의 자녀들이 '할아버지'라 불렀을 때는 처음 듣는 단어라 당황스러웠지만 가족과 함께 찾아주는 그들이 무척 고마웠다.

요즘도 병원에서 반갑게 인사하는 자문 학생을 보면…, 병원 앞을 지나다 생각나서 들렀다는 자문 학생을 보면…, 스승의날 즈음하여 "교수님!" 하는 자문 학생의 전화를 받으면…, 가끔 카톡으로 메시지와 함께 하트 이모티콘을 남기는 자문 학생을 생각하면…, 그런대로 보람 있는 교수 생활을 해서 다행이란 생각이 든다.

장애와 함께

⌒⚬⌒

1980년대 중반 우리 교실 주임교수님이 장애인복지관 개관식에 참석하는데 함께 가자고 연락하셨다. 경기도 곤지암에 개관하는 복지관이었고, 올리베따노 수녀회에서 운영하는 곳이었다. 교수님이 후원회를 맡으셨는데 당시 복지관으로서는 시설과 환경이 매우 좋았다.

개관식을 마치고 관장 수녀님과 차를 마시던 중 교수님이 말씀하셨다.

"앞으로 이곳 복지관 장애인 진료는 고 선생이 맡아서 하세요."

이후 나는 20년간 매주 한 번 이곳에서 진료했고, 이후에도 월 1회 전공의들과 함께 복지관을 방문했다.

재활의학을 전공하여 개인적으로 장애인들과의 교류가 많았고, 여러 단체에서 운영하는 장애인 시설을 방문하거나 정기 진료를 시행하며 장애를 극복하는 문제에 대해 많은 생각을 하게 되었다. 또 보건복지부와 협력하여 장애인 등록을 위한 '장애 판정 기준'을 총괄하여 만들기도 했다.

수녀님이 운영하는 장애인복지관은 다양한 프로그램을 통해 장애인 재활에 힘을 기울였다. 어느 해인가 여름방학 기간에 시행하는 야외 캠프에 주치의로 참가했는데 관장 수녀님의 권유로 가족도 동행하게 되었다. 강원도 주문진 부근 초등학교에 캠프를 차리고 해수욕을 포함한 다양한 야외활동을 통해 장애를 극복하는 행사였다.

당시 큰아이는 초등학생이었고, 작은아이는 네댓 살쯤 되었다. 저녁 시간에 장애아들과 식사를 함께 하는데 작은아이가 밥을 안 먹고 있었다. 장애아들이 흘리며 식사하는 모습을 보고 충격을 받은 것 같았다. 큰아이 역시 식사는 하고 있었지만 즐거워 보이지 않았다.

그러나 캠프가 며칠 지나며 작은아이에게 변화가 일어났다. 장애아들과 스스럼없이 뛰어놀고, 같이 밥을 먹고 있었다.

장애에 대한 인식 변화를 위해서는 어려서부터 함께하는 사회통합이 중요하다. 머리로는 장애인과 자신이 동등하다고 인식하고 말로 표현도 하지만 가슴속에서는 그렇지 않은 경우를 많이 접하게 된다. 장애인과 소통이 없었던 성인은 이성적으로는 장애를 인식하고 있으나 감정적으로 그렇지 않은 것이다.

2003년인가, 김수환 추기경님과 최인호 작가의 일간지 신년 대담을 읽은 적이 있다. 아련한 기억이지만, 최인호 작가의 많은 질문에 답변한 뒤 추기경님이 자신도 질문 하나 하겠다고 하셨다.

"이 세상에서 가장 어렵고도 긴 여행이 뭔지 아십니까?"

최인호 작가는 모르겠다고 대답했다.

"바로 머리에서 가슴으로 가는 여행이지요."

추기경님은 자신도 '짧아 보이는 이 여행을 떠났지만 아직 도착하지 못했다'고 말씀하셨다.

아마도 머리로 생각하고 말하는 것은 할 수 있지만 진정한 마음으로 행동하기는 어렵다는 뜻으로 생각된다. 장애나 장애인에 대한 우리 인식도 마음으로 행동할 수 있도록 변화가 필요하고, 변화를 위해서는 어려서부터 장애인과 함께하는 사회를 만들어야 한다.

우리나라에는 등록된 장애인이 260만 명가량 있는데 이는 인구의 약 5.1%이다. 세계보건기구 발표로는 전 세계 인구의 10~20%가량이 장애를 갖고 살아간다 하니 우리나라에도 훨씬 많은 사람이 장애를 갖고 있을 것으로 추정된다. 또 장애인의 90% 이상이 후천적 장애인으로 우리 모두 장애와 무관하지 않을 것이다.

요즘 장애인 이동권에 대한 문제로 사회 구성원들 간 갈등이 있다는 보도를 접하며 장애나 장애인에 대한 시민의식에 대해 다시금 생각해 보게 된다.

장애인의 결혼

$\sim\!\!\infty$

언젠가 진료를 보다 보니 아주 익숙하고 반가운 환자 이름이 보였다. 잠시 후 휠체어를 타고 ○○ 환자가 들어왔다. 뒤이어 남편이 들어오고, 10대 중반의 발랄한 소녀도 뛰어 들어왔다.

"교수님께 인사드려. 교수님, 제 딸이에요. 많이 컸죠?"

지난 20년간 내게 진료를 받고 있는 환자 가족이다.

무척 더웠던 여름으로 기억한다. 연구실에서 컴퓨터 작업을 하고 있는데 전화벨이 울렸다. 정형외과 선배가 척수 손상으로 하반신 마비가 있는 환자를 전과하니 잘 진료해 달라고 부탁했다.

다음 날 환자를 만나 보니 20대 초반의 앳된 여학생인데 표정이 몹시 우울해 보였다. 교통사고로 흉추가 골절되었고, 골절에 대한 수술은 했으나 양 하지 마비로 걷거나 대소변 처리 등을 스스로 할 수 없는 상태였다.

환자와 대화를 나누고, 회복될 수 있다는 자신감을 심어 주려고 많은 노력을 기울였다. 우울증도 점진적으로 많이 완화되고, 재활치료도 적극적으로 받으며 회복을 위해 노력하는 모습을 보였다. 병실에는 환자 엄마가 늘 함께 있었는데 딸이 완전히 회복되어 잘 걷고 남은 학업도 마칠 수 있기를 간절히 바라며 간병에 지극정성이었다.

대학병원에는 오랫동안 입원하는 것이 어려워 퇴원과 입원을 두세 번 반복하며 3개월 정도 열심히 재활치료를 받은 뒤 외래 치료를 받기로 결정했다. 몇 개월 외래 치료를 지속한 결과 대소변 처리는 혼자서 할 수 있게 되었다. 대부분의 일상생활 동작 수행 역시 가능했으나 보행은 불가능하여 휠체어로 이동할 수밖에 없었다.

그 후 ○○은 나머지 학교 수업과 함께 지역사회 복지관에서 재활치료와 장애를 극복하기 위한 사회활동을 병행하였고, 2~3개월에 한 번씩 내가 있는 병원을 방문했다.

이렇게 수년이 지난 어느 날 ○○ 엄마가 진료실을 찾아와 상담을 원하셨다. ○○이 복지관에 다니며 남자 친구를 사귀었고, 결혼을 하겠다고 하니 이를 말려 달라고 부탁하러 오신 것이다. 남자 친구도 하반신 마비로 휠체어를 타고 다니니 결혼을 승낙할 수 없다는 입장이었다.

나는 엄마의 심정을 충분히 이해할 수 있다고 말씀드렸다. 하지만 ○○이 똑똑하고 사리판단 능력이 있으니 좋은 사람을 만났을 것이고, 요즘은 장애를 갖고 있더라도 서로 도우며 잘 살 수 있는 여러 가지 사회적 여건도 갖추어져 있으니 남자 친구의 됨됨이를 살펴보고 결정하시는 것이 좋을 것 같다는 이야기를 덧붙였다. 그러면서 내가 남자 친구를 한번 만나 보겠다고 했다.

나는 ○○에게 연락하여 남자 친구와 함께 병원에 한번 오라고 했다. ○○도 상의하고 싶었다고 하여 약속 날짜를 잡았다. 남자 친구는 건강한 사고의 소유자였고, 성실하고 ○○을 사랑하는 마음이 커 보였다. 비록 장애를 갖고 있으나 두 사람의 사랑과 믿음이 깊고, 세상을 헤쳐 나갈 의지도 강하다는 것을 느낄 수 있어 함께 엄마를 설득하기로 결정했다.

엄마와 두 번에 걸친 만남 끝에 결혼 승낙을 받았고, 지금까지 행복한 결혼 생활을 십수 년째 이어가고 있다. 안타깝게도 엄마는 수년 전 유명을 달리하셨지만 ○○ 부부는 고향 주민센터 공무원으로 열심히 근무하며 예쁜 딸과 함께 행복한 가정을 꾸리고 있다.

이런 ○○이 딸과 함께 외래를 방문했으니 어찌 반갑고 기쁘지 않겠는가. 이럴 때 의사 생활의 보람을 느낀다.

진료시간 지키기

~~∽~~

　의사라고 아프지 말라는 법은 없다. 나도 가끔 몸이 말썽을 부리면 내가 근무하는 병원의 타과 교수 진료를 받는 경우가 있다.

　가능하면 그 교수의 첫 번째 환자로 예약하고, 진료를 받으러 갈 때는 가운을 벗고 평상복 차림으로 외래진료실 앞에서 기다린다. 외래 앞 의자에는 나 말고도 여러 환자들이 진료를 기다리며 앉아 있어 본의 아니게 환자들의 대화 내용을 들을 수 있다.

　교수들이 외래 시작 시간보다 조금 늦게 진료실에 도착하고, 차를 마시거나 이런저런 준비를 하는지 진료 시작 시간이 늦어지곤 한다.

옆에 있던 환자가 약간 짜증스러운 목소리로 툭 던진다.

"우리보곤 뭐라 하면서 자기들은 매일 늦게 오네."

진료실 밖에서 대기하는 동안 이런 말을 여러 번 들었다.

나는 40여 년간 의사 생활을 하면서 진료시간을 지키려고 노력했다. 진료 시작 10~20여 분 전에 진료실에 도착하여 그날 진료할 환자를 살펴보고, 간호사나 전공의와 간단한 점검을 마친 후 정시에 진료를 시작하는 것을 원칙으로 삼았다.

내가 진료 시작 시간을 지키지 않은 경우는 거의 없었던 것으로 기억한다. 회의나 강의 시간이 진료시간과 중복되는 날은 미리 공지하고 진료시간과 환자 수를 조절했다. 예약하지 않았지만 급히 진료가 필요한 환자가 있는 경우는 예약 환자에게 피해가 가지 않게 진료시간을 조금 연장했다. 함께 진료하는 전공의나 간호사에게는 미안했지만 이렇게 하는 것이 대학병원에 근무하는 교수가 해야 할 일이라 여겼다.

대부분의 전공의나 외래 간호사들도 나의 이런 강박증에 대해 잘 인지하고 있어 내 외래진료가 있는 날은 정해진 시간에 맞춰 나와 있었다. 가끔 늦게 나타나는 전공의가 있었지만 나무라지는 않았다. 전공의들은 각종 검사를 시행하거나 입원 환자를 돌보는 일을 하는데 이런 일은 제시간에 끝낼 수 없는 경우가 많기 때문이다.

시간을 지키는 일은 진료시간에만 국한되지 않았다. 의국에서 정기적으로 실시하는 강의나 회의 시간을 지키는 일도 비슷한 경우다. 약속 시간 5분 전에는 도착하는 것을 원칙으로 삼았고, 부득이 늦을 경우는 강의나 회의에 방해를 주지 않기 위해 불참하는 방법을 택했다. 강의나 회의 중에 사람이 들고 나면 몹시 신경이 쓰이고 강의나 회의가 방해받기 때문이다. 지난 경험에 비추어 보면 시간에 늦는 사람은 대개 정해져 있는데, 그들은 시간개념이 없어 보였다.

내가 진료시간에 조금 늦는다고 내 앞에서 불평불만을 이야기할 환자는 거의 없을 것 같고, 최고 선임 교수인 내가 회의 시간에 조금 늦는다고 대놓고 이야기할 후배 교수나 전공의 역시 없을 것 같아 나의 이런 강박적 시간개념을 버리고 싶다는 생각을 자주 하지만 버리질 못하고 있다.

평생 고수한 원칙을 버리는 게 아쉽고, 나도 제시간에 진료받고 싶기 때문이다.

진료실의 김영란법

'2시간 대기에 3분 진료.'

매스컴을 통해 친숙해진 대학병원 진료 모습이다. 이 말은 사실이기도 하고, 사실이 아니기도 하다. 진료하는 전문과에 따라 다르고, 진료하는 의사에 따라서도 큰 차이가 있기 때문이다. 일부 교수는 2시간 대기에 3분 진료이기도 하고, 또 일부 교수는 예약 대기도 없고 진료시간이 충분하기도 하다. 그러나 많은 사람의 머리에는 좀 더 자극적인 상황이 각인되기 마련이다.

진료가 없던 어느 날 지방 병원에서 근무하는 대학 동기의 전화를 받았다. 졸업한 지 30년 가까이 연락이 없던 친구였는데 격앙된 목소리로 말했다.

"대학병원에 근무하는 놈(?)들은 다 그렇게 건방지냐?"

영문을 몰라 자세히 이야기해 달라고 하여 자초지종을 들었다.

지역사회에서 자신의 분야와는 다른 환자를 진료했고, 대학 동기가 서울의 모교 부속병원에서 그쪽 분야를 진료하고 있어 환자에게 진료의뢰서를 써주었다고 했다. 그러면서 대학 동기에게 가면 진료를 빠르게 잘 받을 수 있을 거라고 말했고, 대학 동기가 진료의뢰서를 써주었으니 환자 입장에서도 빠른 진료를 기대했을 것으로 생각했다.

그러나 환자의 예상과 달리 상경하여 병원을 방문한 날 진료를 받지 못하고 되돌아와 불편함을 토로했다. 지방 병원의 동기는 대학병원 동기와 통화를 시도했으나 연결되지 않았다고 한다. 그래서 같은 대학병원에 근무하는 나에게 전화하여 울분을 토한 것이었다.

나는 친구를 달래며 어떤 사정이 있었는지 좀 알아보고 연락해 주겠다고 했다. 마침 문제의 대학병원 동기 연구실이 내 연구실 바로 옆이었고, 평소에도 친하게 지내는 사이라 전후 사정 얘기를 들을 수 있었다.

비교적 유명세를 타고 있는 동기 교수는 예약이 많이 밀려 있는 상태라 했다. 또 동기 교수의 경우 원칙주의자라 같은 병원에 근무하는 동료들의 부탁도 거절하고 순서를 지켜 예약하도록 한다고 했다. 이런 동기에게 김영란법을 어기면서까지 예외적으로 지방 동기의 부탁을 들어주라고 강요할 순 없었다.

나는 동기에게 오전 진료 예약을 몇 시까지 받느냐고 물었고, 동기는 12시까지 예약 환자를 받는다고 했다. 그러면 상황을 잘 모르고 지방에서 올라온 환자니까 12시 이후에 진료를 해주면 어떻겠냐고 물었다. 자주 있는 일도 아니고, 점심시간을 조금 할애해 주면 예약 환자들에게도 피해를 주지 않고, 대학 동기의 부탁도 들어줄 수 있으니 좋지 않을까 하는 생각이었다. 동기가 앞으로는 그렇게 해결해야겠다고 말하는 것으로 이번 사건(?)은 마무리되었다.

나는 잘 모르겠다. 김영란법이 먼저인지, 진료의 융통성이 먼저인지, 히포크라테스 선서가 먼저인지….

진정한 은퇴

$\sim\!\!\sim$

    정년퇴임을 앞두고 3주간의 휴가를 얻어 미국에 갔다. 은퇴 후 플로리다주 웨스트팜비치에서 남편과 생활하고 있는 후배 집에서 2주간 함께하며 오랜만에 한가한 시간을 보냈다.

    우리 부부를 초대한 후배는 나보다 5~6년 어리고, 남편은 나와 동갑인 미국인인데 부부 모두 뉴욕에서 은행 일을 하다 5~6년 전 은퇴 후 겨울에는 웨스트팜비치에서, 여름에는 뉴욕 이타카 호숫가에서 지내고 있었다.

    그동안 저축한 자금과 연금 등으로 온전한 은퇴 후 생활을 즐기고 있는 후배 부부가 내게 은퇴 후 어떻게 생활할 것인지 물었다.

    내가 지역 병원에서 몇 년 더 진료할 예정이라고 하자 미국인 남편이 "그럼 정년퇴임한 게 아니네요." 한다. 그는 정년퇴임은 '모든 일을 접고 집에서 쉬는 것'이라고 했다. 한국에서 많은 사람들이 나에게 건강하게 정년을 맞이한 것을 축하하며 'retire'라는 단어대로 타이어를 바꿔 달고 새로운 출발(일)을 하라던 말과는 전혀 달랐다.

'retire'는 프랑스어 'retirer'에서 유래하는데 이는 '뒤로'라는 의미의 're-'와 '끌어당기다'라는 의미의 'tirer'에서 왔다고 한다. 따라서 're-tire'는 영어 'with-draw'에 해당할 것이다. 'withdraw'는 '나갔다가 쉬기 위해 방으로 들어오는 것'을 의미하므로 진정한 은퇴는 사실 모든 일을 접고 온전히 휴식을 취하는 것이 아닌가 생각된다.

그러나 건강수명이 늘어나서 정년 후에도 일할 수 있는 체력이 되고, 노후를 편히 즐길 수 있는 연금이나 저축이 충분하지 않은 상태에서 온전히 정년 후 휴식을 취하기는 현실적으로 어려운 일이다. 더욱이 정년 후에도 돌봐야 할 자녀가 있거나 부양할 부모가 있다면 집에 들어앉아 노후를 즐기는 것은 불가능하다.

내 경우도 아직 학업 중인 둘째 아들이 있고, 연금으로만 생활하기에는 아쉬움이 있어 한가하게 정년 후 생활을 즐길 수 없는 처지다. 한편으로 아직 건강하여 활동할 수 있고, 정년 후에도 일할 수 있는 자리가 있다는 것은 큰 축복이라 생각한다.

그래도 가끔은 온전한 은퇴를 꿈꾸기도 한다. 웨스트팜비치의 후배 부부처럼….

하고 싶은 일을 하세요

〜◦◦〜

2018년 2월 캐나다 퀘벡주 정부와 의료노조는 퀘벡주 의사 1만 명의 연봉을 2023년까지 매년 1.4%씩 인상하기로 합의하고 이를 발표했다.

이에 '공공의료제도를 위한 퀘벡 의사 모임(MQRP)'에서는 "간호사와 병원 행정 사무직이 열악한 근무 환경에 처해 있고, 이로 인해 환자들이 의료 서비스를 제대로 받고 있지 못하는데 의사의 임금만 올리는 건 충격적"이라고 주장하며, 의사들의 연봉만 오르는 현실을 양심상 받아들일 수 없다고 했다. 또 "급여를 재분배하여 정당한 대우를 받지 못하는 간호사와 사무직에게 그 혜택이 돌아가야 한다."고 덧붙였다.

이 일로 간호사와 사무직 직원에 대한 대우가 개선되었고,

국가 공공의료가 한 걸음 발전하는 계기가 되었다. 이런 의사들의 태도는 의사에 대한 국민들의 고정관념을 긍정적으로 바꿀 수 있는 좋은 예로 생각된다.

몇 년 전 여동생한테 연락이 왔다. 인턴을 하는 아들이 흉부외과를 전공하겠다는데 내 의견을 듣고 싶다고 했다. 며칠 후 조카 이야기를 듣고는 현명한 선택을 했다고 격려하고, 좋은 흉부외과 의사가 되어 달라고 당부했다.

남들이 많이 선택한다고 해서, 혹은 요즘 잘나간다고 해서 내가 원하던 전공과가 아닌데도 선택한다면 불행한 일이 아닐까. 힘들고 수입이 조금 적다고 해도 적성에 맞는 일에 종사하는 것이 행복일 것이다. 또 몇 년 후, 몇십 년 후에는 세상이 어떻게 변할지 모르는 일이다.

40년 전 내가 전공을 정하던 시절 재활의학과는 일반인에게 전혀 알려지지 않았을 뿐만 아니라 의사들조차 잘 알지 못하는 전공과였다. 처음 재활의학을 전공하겠다고 했을 때 가족들도 너무 생소한 과목이라 어리둥절해했다.

다행히 아내와 부모님이 흔쾌히 내 의견을 따라 주었고, 전공의 과정을 마친 뒤 대학병원 교수로 재직하며 30여 년 이상 재활의학과 의사로 만족스러운 시간을 보냈다. 나조차도 재활의학을 전공하던 시절에는 지금처럼 재활의학과가 최고의 인기 전공과로 부상할 것이라곤 상상하지 못했다.

젊은 의사들에게 권하고 싶다.
"하고 싶은 일을 하세요. 세상은 변합니다."

처절한 복수

◦ 정년 퇴임 고별사 중 ◦

〜ᴓ〜

　　의과대학을 졸업하고 병역의무와 전공의 수련을 마치면 인생의 진로에 대해 심각한 고민을 하게 됩니다. 봉직의로 급여를 받으면서 심적으로 조금은 여유롭게 인생을 즐기며 살 수도 있고, 적당한 곳에 개업하여 경제적 여유를 추구할 수도 있습니다. 나는 그동안 고생한 부모님과 아내를 생각하면 경제적 풍요로움을 선택하는 것이 마땅했으나 대학에 남아 교수의 길을 가기로 결정했습니다. 이런 결정에 흔쾌히 동의해준 부모님과 아내가 있었기에 가능한 일이었습니다.

　　대학교수의 길은 순탄치만은 않았습니다. 처음 2년간은 대전성모병원에서 근무했기에 주말부부로 지내며 아내 혼자

부모님을 모시며 직장생활을 해야 했습니다. 2년 후에는 이곳 서울성모병원으로 발령받아 31년간을 한곳에 재직하다 정년 퇴임을 맞게 되었습니다.

어느 직장이건 구성원들 간의 조화와 배려가 그 직장이 잘 운영되고 발전하는 데 중요한 요소입니다. 그러나 구성원들 간의 갈등 또한 늘 존재하고, 이런 갈등을 잘 극복해 내는 것이 집단의 발전에 중요한 요소라 생각합니다. 30여 년간 한 병원에 근무하며 선후배 교수들과 많은 전공의, 치료사, 간호사, 행정직원 등 동료들과 즐겁고 행복한 시간이 많았지만 서로의 갈등으로 힘든 시절도 있었습니다.

한때 몹시도 미웠던 동료들이 있었는데 이들에 대한 미움이 큰 만큼 나 자신 또한 힘들었습니다. 동료를 미워한다는 것이 커다란 죄로 느껴져 가톨릭 신자로서 이를 고해해야 한다는 부담 또한 늘 안고 살았습니다. 마음 수련이 부족하여 잘 알고 지내는 본당 신부님이나 병원 신부님께 고해하기에는 왠지 쑥스러웠습니다.

그러던 차에 한국가톨릭의사회에서 매년 행하는 정기 총회 및 피정이 부산교구 주최로 개최되어 참가했고, 다른 교구 신부님께 고해성사를 드릴 기회가 있었습니다. 젊은 신부님께 몇몇 동료를 미워하는 죄를 지었고, 나 자신도 괴롭다고 고백했습니다.

신부님은 몇 초간 침묵 후 말씀하셨습니다.

"그건 죄가 아닙니다. 사랑하는 마음과 미워하는 마음은 비슷한 감정이고, 사랑하는 것이 죄가 아닌 것처럼 미워하는 것도 죄가 아닙니다. 저도 본당 신자 중에 미운 신자가 있습니다. 그런데 사랑하는데 그것을 표현하지 않으면 죄가 되고, 미워하는데 그것을 표현하면 죄가 됩니다. 혹시 미워하는 분들을 때리거나 하지는 않으셨죠?"

"때린 적은 없습니다."

"그럼 걱정하지 마세요. 죄짓지 않으셨습니다."

신부님이 조금 뜸을 들이신 후 말씀을 이어갔습니다.

"다른 사람을 미워해서 힘드시죠? 그 해결책을 알려 드릴까요?"

"알려 주세요, 신부님."

나는 기뻐하며 대답했습니다.

"그 사람들에게 복수를 하세요. 그것도 처절한 복수를 하시면 됩니다."

'복수'라는 말씀에 몹시 당혹스러웠습니다.

"가장 처절한 복수는 용서입니다."

그렇게 고해성사를 마치고 '용서'라는 단어를 마음속에 간직하게 되었습니다. 그 후 곧바로 미운 감정이 사라지지는 않았지만 미운 감정이 서서히 옅어졌고, 그만큼 힘들었던 감정도 사라지는 것을 느낄 수 있었습니다.

10여 년이 지난 요즘은 미워했던 감정이 거의 사라졌고, 신부님 말씀처럼 내 마음도 많이 편안해졌습니다. 혹시라도 저를 또는 어떤 분을 미워하는 감정이 있었다면 오늘부터 "처절한 복수"를 해 주시기를 당부합니다.

환자 우선의 전인치유

◦ 평신도의날 강론 ◦

오늘 평신도의날을 맞아 신부님 대신 강론을 맡게 된 재활의학과 고영진입니다. 이곳이 서울성모병원 내에 있는 성당이고, 미사를 드리는 대부분의 신자가 환우, 환우 가족, 병원 직원들이십니다.

오늘 저는 우리 병원에서 추구하고 있는 '환자 우선의 전인치유'에 대해 말씀드리려 합니다. 이 시간을 통해 여기 계신 환우 여러분과 가족들이 우리 병원이 여러분의 전인치유를 위해 어떤 노력을 하고 있는지 알아주셨으면 하고, 교직원들은 전인치유를 위해 어떤 노력을 해야 할지에 대해 생각해 보았으면 하는 바람입니다.

인간은 육체적 측면, 정신-심리적 측면, 영적인 측면의 세 가지로 구성되어 있습니다. 즉, 인간은 몸과 마음과 영혼으로 구성되어 있고, 이 세 가지가 조화와 균형을 잘 이룰 때 행복감을 느끼며, 이런 행복감을 느낄 때 건강하다고 말합니다. 몸, 마음, 영혼의 조화가 이루어지지 못할 경우는 질병에 걸리게 되고, 이렇게 몸과 마음과 영혼에 상처를 입은 분이 환자인 것입니다. 따라서 몸의 상처만 치료한다면 온전한 치료가 이루어지지 않습니다.

어느 여성 환자의 투병기를 보면, 환자가 바늘을 꽂고 혈관 조영술을 받고 하는 육체적으로 아팠던 행위보다는 의사, 간호사, 용역 아저씨들이 북적이는 곳에서 치부를 드러내고 누워 있어야 했던 일에 더 상처받고 고통스러웠다고 고백하고 있습니다. 육체적 고통보다는 인간으로서 존엄성이 훼손되고 배려받지 못한 점이 치욕이며, 고통이었던 것입니다. 이 환자의 경우 비록 몸의 상처는 치료되었을지 몰라도 전인치유는 이루어지지 않았던 것입니다.

몇 년 전 어느 방송국에서 〈풀빵 엄마〉라는 제목의 말기암 환자 투병기를 방송한 적이 있습니다. 여기에도 보신 분이 계시리라 생각됩니다. 어린 두 자녀를 둔, 말기 위암 엄마의 이야기였습니다.

여러분도 잘 아시다시피 계속되는 항암치료는 몹시 고통

스럽습니다. 많은 환자나 가족이 삶의 질을 위해, 또 생명이 조금 연장되지 않더라도 심한 고통을 피하고 편안한 생활을 위해 항암치료를 거부하기도 합니다.

그러나 '풀빵 엄마'는 아무리 고통스럽더라도, 100분의 1%라도 치료 확률이 늘어날 수만 있다면 그 어떤 고통도 감내할 수 있다고 말합니다. 언제까지라도 암과 싸울 각오가 되어 있다고 말합니다. 이는 자신의 죽음 뒤에 남겨질 어린 자녀에 대한 사랑 때문입니다. 풀빵 엄마는 아이들의 그늘이 돼줄 엄마로서 오래 남아 있기를 간절히 바라고 있었습니다. 이런 환자에 대한 전인치유를 위해 우리 병원과 모든 직원이 해야 할 일이 과연 무엇이겠습니까?

'전인치유' 하면 매우 어려울 것 같지만 마음먹기에 따라서는 그리 어려운 일도 아닙니다. 전인치유의 첫걸음은 예수님께서 환자들을 보며 느끼셨던 연민을 느끼는 것입니다. 또한 앞서 말씀드린 여성 환자의 경우처럼 환자 치료 시 질병보다는 한 인간을 먼저 바라보고, 인간으로서의 존엄성을 인정해야 합니다. 이를 위해서는 환자의 이야기를 경청하고 공감하며, 진정으로 환자와 함께해야 합니다.

환자의 마음을 이해하고 공감하기 위해 또 다른 환자 이야기를 해보겠습니다. 이 환자는 현재 우리 CMC에 근무하고 계신 교수님입니다.

이 교수님은 환자에게 매우 친절하며 배려심이 깊었습니다. 하지만 일부 환자에 대해서는 몹시 불만이 있었습니다. 환자 상태와 치료 계획 등에 대해 열심히 설명해 주었는데도 또 다시 묻고, 심지어 전공의 선생 등에게 반복해서 설명을 듣는 것에 몹시 신경이 쓰였다고 했습니다.

그런데 이 교수님이 그만 교통사고로 대퇴골이 골절되어 입원하게 되었습니다. 사고가 나던 날 저녁에 응급수술을 받고 누워 있는데 담당 교수가 와서 병의 경과에 대해 정성껏 설명을 해주었다고 합니다. 같은 병원 교수가 입원했는데 얼마나 자세히 설명해 주었겠습니까.

그러나 조금 불안감을 느낀 이 교수님은 지나가는 조교수에게 물어보았답니다. 다음 날은 그 과 전공의한테 다시 한번 확인했고, 심지어는 소독하러 들어온 인턴 선생님한테 "회진 후에 딴 말은 없었냐?"고 한 번 더 물어보았답니다.

그 교수님이 이야기하기를, 자신이 패씸하다고 생각했던 환자보다 자기가 더 패씸한 환자처럼 행동하고 있었답니다. 이런 것이 환자와 환자 가족의 마음입니다.

환자와 공감하고 함께하기 위해서 할 일이 하나 있습니다. 바로 '환자와의 소통'입니다. 환자와의 소통에는 두 가지, 즉 말의 소통과 마음의 소통이 이루어져야 합니다.

얼굴 뾰루지 때문에 진료를 받은 환자가 영어로 된 전문용

어로 이런저런 설명을 하는 의사 선생님한테 한국말로 설명해 달라니까 "비배부에 심상성좌창이 의심된다."고 말한다면 환자는 더욱 혼란스럽고 몹시 중한 병에 걸린 것으로 착각할 수도 있습니다. 그냥 간단하게 "콧등 부위에 생긴 보통 여드름입니다." 하면 서로 소통이 잘되겠지요.

다음은 마음의 소통입니다. 사람은 본능적으로 생후 18개월만 되면 상대방의 마음을 헤아릴 수 있다고 합니다. 이런 어린아이들도 상대방의 마음을 헤아릴 줄 아는데 많은 교육을 받고 서울성모병원에 근무하는 우리가 환우들의 마음을 헤아리지 못하고 소통하지 못한다면 창피한 일이지요.

한 번 더 말씀드리면 예수님께서 느끼셨던 연민의 마음으로 환자를 대하며, 질병을 바라보지 말고 인간을 바라보고, 인간으로서의 존엄성을 인정해야 합니다. 이를 위해서는 환자의 이야기를 경청하고 공감하며 진정으로 환자와 함께하는 것이 우리 병원에서 근무하는 모든 구성원이 환자를 대할 때 가져야 할 자세라 생각합니다.

얼마 전 우리와 경쟁하고 있는 어느 병원 원장님과 이야기를 나눌 기회가 있었는데 그 원장님께서 당신 병원의 목표는 'The First and The Best'라고 했습니다. 모든 부분에서 1등이고, 최고이기를 추구한다고 했습니다. 또 현재도 많은 부분에서 그렇다고 자부하고 계셨습니다.

저는 우리 병원은 좀 달라야 한다고 생각합니다. 우리 병원은 'The Only and The Best'여야 합니다. 1등보다는 우리 병원이 유일한 병원이 되어야 한다고 생각합니다.

질병으로 고통받지만 우리 병원에 입원한 환자들은 행복을 느끼는 유일한 병원, 병원 수입은 조금 적지만 전인치유가 되는 유일한 병원, 다른 병원에 가면 잘 안 받아 주지만 어렵고 소외된 환자들도 잘 받아주는 유일한 병원, 조금 바쁘지만 일하면 일할수록 신이 나는 유일한 병원… 이런 모습이 진정한 우리 병원의 모습이고, 추구해야 할 목표라고 생각합니다.

그래야만 몸의 치료만이 아닌 '환자 우선의 전인치유'가 온전하게 이루어질 수 있으리라 믿습니다.

Dr.고

건강, 운동 이야기

4

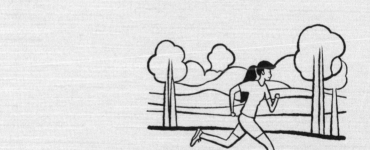

건강에 좋은 음식

～∾

'하루 한 끼의 식사로 충분하다'는 일본 외과의사가 쓴 글을 본 적이 있다. 아침을 먹는 사람이 머리가 좋다는 글도 보았고, 하루에 세 번 식사를 해야 한다는 기사도 보았다. 조선 시대에는 보통 두 끼 식사를 했다는데 혹자는 식량이 풍족하지 못해서 그랬던 것 같다고도 한다.

TV를 보면 여러 분야의 전문가(?)들이 나와서 어떤 음식이 좋고, 다이어트를 해야 건강하고… 등등 너무나도 많은 정보가 홍수를 이루고 있어 혼란스럽다. 어떤 것이 진실인지 잘 모르겠다.

나는 아침을 거의 먹지 않는다. 찐 고구마 조금과 과일 한두 조각으로 간단하게 해결한다. 점심은 바쁘면 거를 때도 있지만 저녁은 꼭 챙기는 편이다. 특별한 원칙이나 이유가 있는

Dr. 고_건강, 운동 이야기

것은 아니고, 그래야 속이 편하다. 배가 조금 고픈 것은 참을 수 있지만 과식을 해서 배가 부르면 불편하다.

반대로 배고픈 것을 견디지 못하는 사람도 있고, 식사를 충분히 한 뒤에도 피자 한 판을 해치우는 사람도 있다.

나는 체중이 미달되거나 비만인 사람이 아니라면 획일적인 원칙보다는 편안하고 행복한 각자의 식습관이 올바른 방법이라 생각한다. 개개인이 자라온 환경이 다르고, 음식을 소화해내는 능력이나 흡수하는 능력에 차이가 있을 수 있기 때문이다.

다만, 다양한 음식을 섭취하여 영양의 균형을 이루는 것이 중요하다는 것에는 동의한다. 탄수화물, 지방, 단백질의 균형 있는 섭취와 적절한 무기질과 비타민 섭취가 중요할 것이다. 특정한 질병으로 특정한 음식을 제한해야 하는 경우는 예외겠지만, 먹고 싶은 음식이 있다면 그 음식에 포함된 성분이 그 사람에게 필요한 것이라는 생각을 갖고 있다.

미국에서 연수하던 시절 비만학회에 참석할 기회가 있었다(사실은 마침 내가 근무하던 병원에서 개최되어 우연히 참석했다.). 흥미로운 발표를 들었는데, 올바른 식생활에 대한 내용이었다.

기숙학교에 재학 중인 학생을 대상으로 실험했는데, A학교 학생들에게는 학생들이 선호하지 않는 음식(기억으로는 당근)을 일정 기간 전혀 배식하지 않았고, B학교 학생들에게는 배식을 했다. 몇 주 후 뷔페식당에 모든 학생을 초대하여 선택하는 음식을 관찰했는데 선호하지 않는 음식이지만 오랫동안 배식받지 못했던 A학교 학생들이 그 음식을 많이 선택했다고 한다.

건강을 위해 인위적으로 음식을 선택하기보다는 왠지 끌리는 음식을 선택하는 것이 건강에는 좋을 수 있다는 결론이다. 물론 이런 방식이 100% 옳지 않을 수도 있고, 특별한 질환이 있어 금지해야 하는 음식이 있는 환자에게는 권장할 방법이 아닐 수 있다.

이런 발표에 따라 식습관을 수정한 것은 아니지만 나는 마음에 끌리는 음식을 별생각 없이 섭취하며, 남들이 건강에 해롭다고 금기시하는 음식을 상용하기도 한다.

가리는 음식도 많다. 모양이 흉해서, 색깔이 맘에 안 들어서, 냄새가 역해서(전적으로 주관적임.), 식감이 맘에 안 들어서, 먹으면 속이 불편해서… 등등의 이유 때문이다. 구체적으로 몇 가지 나열하면 번데기, 순대, 고수가 들어 있는 쌀국수, 냉면, 라면, 우유, 튀김, 삼겹살 등이다.

가끔 친구들이 이렇게 물어본다.

"그러면 넌 뭘 먹고 사냐?"

그래도 먹을 수 있는 음식이 훨씬 많다.

또 커피는 즐기지 않지만 콜라는 즐겨 마신다. 콜라 중에서도 한 회사 제품을 선호하고, 얼음을 넣은 차가운 것보다는 미지근한 것을 좋아한다. 왜 미지근한 콜라를 마시냐고 물어보면 엉뚱한 대답을 한다.

"미지근한 콜라는 남들이 뺏어 먹지 않아서."

사실은 커피나 차가운 음식을 먹으면 배가 아프기도 하고 가끔 설사를 하기 때문이다.

인생의 즐거움 중 하나가 '먹는 즐거움'이라는데 건강을 의식하여 강박적인 식생활을 하는 것도 고통스러운 일이라 생각된다. 마음 가는 대로 먹고 싶은 음식을 먹고 사는 게 건강하고 행복한 삶 아닐까.

나의 건강 비결

언젠가 유명한 한글학자가 자신의 장수와 건강 비결은 '10년 주기로 적당한 병을 앓는 것'이라고 한 글을 읽었다. 당시는 약간 황당하기도 하고, 또 노학자께서 건강에 너무 집착하는 일반인들에게 하신 가벼운 농담 정도로 치부하였다.

60대에 들어서며 친구들과 건강 이야기를 많이 하는데 친구들 대부분이 한두 가지, 많게는 대여섯 가지의 약을 상용하고 있지만 나는 상용하는 약이 없다. 아직까지 계단을 오르거나 뜀박질을 해도 그리 힘들지 않고, 몸무게도 대학교 졸업할 때와 거의 비슷한 수준에 머물러 있다. 그렇다고 내가 운동을 잘하거나 힘이 장사인 것은 아니며, 그럭저럭 큰병(?)을 앓지 않았다는 이야기다.

　요즘 가만히 돌이켜보면 예전 한글학자가 말씀하신 건강 비결이 내게 해당되는 것 같다.

　고등학교를 졸업한 10대 말에 십이지장궤양으로 장이 천공되어 수술받고 2개월 정도 병원생활을 했다. 그 후로 식사량이 줄어 자연스럽게 소식(小食)을 하게 되었다. 친구들은 내가 건강을 위해 식사를 절제하는 것으로 생각하지만 사실은 그렇지 않다. 과식하면 배가 아프고 설사를 하는 등 몹시 괴롭다. 이런 습관이 자연스럽게 비만하지 않고 적당한 체중을 유지하는 비결이 된 것이다.

　20대 후반에는 폐결핵을 앓았다. 공중보건의로 근무하며 주말에는 가끔 서울 본가나 처가에 들르곤 했다. 어느 날 처가 화장실에서 양치를 하던 중 목에서 커다란 핏덩이가 나오고 계속해서 입안에 피가 고였다. 놀라서 병원으로 달려갔고, 은사이신 내과 교수님의 진찰 후 폐결핵 진단을 받고 약 1년간 결핵약을 복용했다. 자연스럽게 무리한 행동을 줄이며 흡연을 삼가는 생활을 하게 되었고, 이런 생활이 오히려 건강을 유지하는 요인이지 않았나 싶다.

　30대에는 전공의 수련과 초년 교수로 밤낮을 가리지 않고 열심히 생활했다. 그로 인해 피로가 누적되었는지 30대 말에 원인을 알 수 없이 반복되는 각막궤양으로 고생했다. 각막궤양의 고통은 겪어 보지 않은 사람은 이해 못 할 것이다. 눈을 뜨고 있어도, 감고 있어도 모래알로 눈을 문지르는 통증이 느껴져 매우 고통스럽다. 특히 아침에 눈 뜨자마자 찾아오는 고통은 이루 말로 표현할 수 없을 정도다. 콘택트렌즈를 사용해야만 겨우 생활할 수 있었고, 2년에 걸쳐 반복되는 각막궤양으로 힘든 시간을 보냈다.

40대 말에는 원인 모르게 가끔 쓰러지는 현상이 반복되어 조심했는데, 해외여행 중 기절하며 후두부가 크게 부어오르고 정신을 잃는 사고를 당했다. 귀국하여 뇌 단층사진을 촬영했는데 후두골 골절이 발견되었으나 다행히 뇌내출혈은 없었다. 극도로 조심하라는 신경외과 후배 교수의 충고가 있었고, 기절의 전구증상이 나타나면 모든 일을 중단하고 대비하는 버릇이 생겼다.

50대에는 정기검진에서 담낭의 물혹이 크게 자란 것이 발견돼 담낭 절제술을 받았다. 예전에 받았던 복부 수술로 장의 유착이 있어 간단한 수술임에도 통증이 심했고, 수술 후 잦은 설사로 일상생활에 약간의 어려움이 있었다. 기름진 음식을 먹으면 가끔 복통과 함께 설사를 하면서 응급 상황(?)이 초래되어 난감했다. 이 수술로 소식과 함께 가능하면 육식도 절제하는 식사 습관을 갖게 되었다.

이제 60대에 갖게 될 질환이 궁금했는데 전립선염이 발생하여 잘 조절되지 않는다. 비뇨기과 진료를 받고 여러 가지 검사 후 처방을 받았지만 잘 치료되지 않고 증상이 자주 반복되어 가끔 약을 복용하고 있다.

　　돌이켜보면 나도 10년 주기로 다양한 질병에 걸렸고, 이걸 극복하는 과정에서 절제하는 생활을 하다 보니 저절로 건강을 유지하지 않았나 생각된다. '죽지 않을 만큼 아파 봐야 건강할 수 있다'는 우스운 결론을 내리며, 가끔은 70, 80대에는 어떤 병으로 고생할지 살짝 걱정이 된다.

내 맘대로 하는 운동

～∽ᒾⴢ

　요즘 피트니스 센터나 권투 연습장 같은 운동 시설을 흔히 볼 수 있다. 간혹 피트니스 센터 창 너머로 트레드밀 위에서 열심히 뛰고 있는 사람들을 볼 수 있는데 아름다운 몸매를 만들거나 건강을 위해 열심히 운동하는 것이다.

　그러나 나는 직장인이 근무 후 저녁 시간에 땀을 흘리며 한두 시간씩 운동하는 것을 이해할 수 없다. 가끔은 애처로운 생각도 든다. 내가 이런 이야기를 하면 운동하는 것이 얼마나 즐거운지 모르냐고, 운동을 하면 얼마나 건강해지는지 모르냐고 의아해한다. 더구나 재활의학과 의사가 그런 이야기를 하다니 이해할 수 없다고 한다.

나는 반농담조로 말한다.

"이 세상에서 제일 중요한 운동이 뭔지 아세요? 숨쉬기 운동이에요. 숨을 쉬어야 죽지 않지요."

그러면 모두 실소하고 만다.

나는 땀을 흘리며 운동하는 게 즐겁지 않다. 퇴근 후 운동보다는 편안하게 누워 TV를 시청하거나, 고양이와 놀거나, 잠을 자는 것이 좋다.

운동을 열심히 하면 건강하게 오래 살 수 있다고 하는데 그것은 운동이 즐거운 사람에게 해당하는 말 같다. 땀 흘리며 운동하는 것이 즐거운 사람에게 열심히 운동하는 것은 행복이지만 건강하게 오래 살겠다는 강박적인 생각으로 운동하는 사람에게는 운동하는 게 행복하지 않다. 남들이 하니까 부화뇌동해서 따라 하거나, 매스미디어를 통해 전해지는 상업적 운동요법에 현혹되어 건강을 해치는 우를 범하지 말아야 한다.

이런 이야기를 하면 '건강을 위해 운동은 필수'라고 주장하는 사람들에게 우매한 의사라고 비난받을 수도 있다. 하지만 건강한 일반인을 위한 운동은 선택이지, 결코 필수가 아니라고 말하고 싶다. 운동을 원한다면 시간과 경제적 비용을 절약할 수 있는 생활 속의 운동을 권하고 싶다.

예를 들면 오래 앉아 있는 일에 종사하는 사람이면 1~2시간 간격으로 서서 긴장을 풀어주거나 스트레칭을 하고, 적어도 몇 분간은 스쾃(squat) 자세로 컴퓨터를 사용하는 것 등이다. 또 아령이나 모래주머니를 이용하여 틈틈이 상하지 근력운동을 하고, 가까운 거리는 걸어 다니는 습관을 기르는 것이다.

이런 나의 주장은 건강한 사람에게 해당하는 이야기이고, 질병으로 건강에 문제가 있는 환자에게는 해당하지 않는다. 질병으로 인해 신체 기능이 떨어진 환자가 정상으로 회복되기 위한 운동은, 수술을 받거나 약을 복용하는 행위와 동일하게 치료를 위한 일련의 과정으로 꼭 필요한 것이다. 나도 수많은 환자, 특히 근골격계 손상을 입은 환자를 진료하며 질병으로 저하된 기능 회복을 위한 운동 교육은 게을리하지 않았다.

나는 퇴근 후 TV 리모콘을 이리저리 누르며 여행이나 시사 프로그램을 시청하는 즐거움, 고양이와 실랑이하는 즐거움, 노트북을 하는 즐거움, 잠깐 단잠을 자는 즐거움 등을 땀 흘리는 운동에 뺏길 수 없다.

거실 구석에 놓인 실내 자전거에서 아내가 땀 흘리며 운동을 하고 있다.

내가 골프를 못 하는 이유

⟿

내가 대학교수로 처음 발령받을 당시 재활의학과는 대부분의 병원에 전문과목으로 개설되지 않은 상태였다. 대전성모병원도 같은 상황이었고, 나는 재활의학과를 개설하고 초대 과장으로 근무를 시작했다.

서울 본원에 계신 주임 교수님께서 내가 근무를 잘하고 있는지 궁금하기도 하셨고, 어린 제자를 멀리(?) 보냈으니 격려차 병원을 방문하시겠다고 연락이 왔다. 금요일 저녁을 함께 하고 토요일에는 골프를 치시겠다고 했다. 금요일 오후에 오셔서 병원과 재활의학과 투어를 하고 저녁 식사를 하셨다.

원산이 고향이신 교수님을 위해 함흥냉면이 유명한 식당에서 냉면을 대접했다. 식사 중에 교수님이 다음 날 골프 예약을 몇 시에 했는지 물으셨다. 당시 나는 골프라는 운동을 접해 본 적도 없고 관심도 없었기에 미리 예약해야 하는지 몰랐다. 그저 골프를 치고 싶으면 그날 골프장에 가면 되는 줄 알았다. 내 이야기를 들으신 교수님은 몹시 난감해하셨고, 대전에서 병원을 운영하시는 동기분과 급하게 연락하여 예약하셨다.

다음 날 교수님이 운동하시는 동안 골프장에서 기다리게 되었다. 두어 시간쯤 지나도 나오시지 않아 골프장 직원에게 언제 끝나는지 물었더니 4~5시간이 걸리고 샤워도 하셔야 한다고 했다.

그날의 해프닝이 있고 2~3주 후 서울 본원에서 열리는 학술집담회에 참석했는데 선임 교수(주임 교수 바로 아래 연차 교수)님이 주차를 어디에 했는지 물어보시더니 주차장에서 골프클럽을 주셨다. 선임 교수님은 테니스를 즐기셨는데, 대전 골프장 해프닝 이야기를 들으시고 내게 쓰지 않는 골프클럽을 주신 것이다. 당신은 골프를 즐기지 않아 주임 교수님을 모시지 못하니 내가 골프를 배워 대신 주임 교수님을 모시라는 당부를 하셨다.

나는 선임 교수님의 뜻을 받들어 대전에서 골프연습장에 등록하고 연습을 시작했다. 운동에는 소질이 없고 별 흥미도 느끼지 못해 한 달 동안 대여섯 번 연습했던 것으로 기억된다.

막 여름이 시작되는 시기였는데 병원 선배 교수가 한 자리가 비었다며 골프장에 가자고 했다. 그날의 끔찍했던 기억이 아직도 생생하다.

골프공을 제대로 맞히지도 못했고, 어쩌다 맞는 볼도 30~40m를 날아가지 못했다. 더욱이 가냘픈 여자 캐디가 이리 저리 시중을 드는데 마음이 몹시 불편했다. 몇 번째 홀에서는 그린 근처 언덕에서 잔디를 보수하는 중년의 아주머니들이 앉아서 도시락을 먹고 있어 불편한 마음은 더욱 깊어졌다.

그날 이후로 골프 연습을 중단하고, 앞으로 골프라는 운동은 하지 않으리라 다짐했다. 그해 겨울 주임 교수님이 갑자기 돌아가셔서 주임 교수님을 모시고 운동할 일은 더더욱 없었다.

그 후 몇 년이 지나 제주도 서귀포에서 춘계 학술대회가 열렸고, 학술대회 마지막 날 대학 대항 친선 골프시합이 있다고 했다. 내게 골프클럽을 주신 선임 교수님이 주임 교수로 우리 과를 이끌고 계셨는데 나를 우리 대학 대표선수로 추천하고 등록하셨다. 주임 교수님은 내가 골프 연습을 열심히 하고 있으리라 생각하셨던 것 같다.

나는 교수님의 명령을 거역할 수 없었다. 구석에 처박혀 있던 골프클럽을 찾아 서귀포 숙소로 가져갔다.

대망의 골프 시합일이 되었다. 호텔 로비에 골프복을 화려하게 차려입은 선후배 교수들이 있었는데 가방(소위 보스턴백)을 하나씩 들고 있었다. 운동 후 갈아입기 위한 옷가지와 신발이 들어가는 가방이었는데 나는 골프 신발만 달랑 들고 내려갔다. 부랴부랴 호텔 내 골프숍에 갔더니 남성용은 없고 여성용만 구비되어 있어 빨간 줄무늬가 들어간 보스턴백을 구입했다.

방에 가서 갈아입을 옷가지를 챙겨서 내려오니 로비에 아무도 없었다. 직원에게 콜택시를 부탁하여 기사에게 ○○골프장으로 가자고 했더니 어이없는 표정으로 걸어서 5분이면 된다고 했다. 보슬비를 맞으며 헤맸던 그날의 골프 이야기 역시 별로 하고 싶지 않다.

그 후 2~3년이 지나 미국 연수를 떠나게 되었다. 선배들이 미국에서는 골프를 저렴하게 즐길 수 있으니 연수 기간 동안 연습 좀 하고 오라고 권했다. 내키지는 않았지만 골프클럽을 챙겨 미국으로 가져갔다.

그러나 미국에서 모셨던 선배 교수님은 골프를 경멸하는 분이었다. 우연히 골프 이야기가 나왔는데 공부하는 교수가 골프 치는 것은 바람직하지 않다고 말씀하시는 것이다. 어쩔 수 없이 한국에서 가져갔던 골프클럽을 벽장 구석에 내내 보관했다가 귀국할 때 그대로 다시 가져와야 했다.

몸을 움직이는 운동에 관심이 없는 내가 기본기를 갖추지 않고 골프를 시작한데다, 골프에 대해 불편했던 마음 등이 내가 골프를 잘 못 하는 이유이자 핑계다.

관절과 함께 살아가기

(이 글은 천천히 두세 번 읽으면 쉬워요!)

골관절염은 사람에게 발생하는 가장 흔한 관절 질환이다. 노쇠 현상이나 관절에 무거운 체중이 가해질 때 발생하고, 반복적인 관절 통증, 관절의 뻣뻣함, 점진적인 관절 구축 등이 관찰될 수 있다.

골관절염은 일차성과 이차성으로 분류된다. 이차성 골관절염은 외상, 질병 등이 원인이 될 수 있다.

일차성 골관절염은 나이, 성별, 유전적 요소, 비만 등이 원인이 될 수 있어 중년 이후에는 나이가 들수록 발생빈도가 높아지며, 여성에게 더 많이 발병하고 정도가 심한 경향이 있다. 또 가족력과 관계가 많으며, 비만한 경우는 정상인보다 2배 정도 발병률이 높은데 이때는 주로 체중이 많이 부하되는 하지 관절에 잘 나타난다. 따라서 일차성 골관절염은 허리 관절, 엉덩이 관절, 무릎 관절, 엄지발가락 관절 등에 잘 발생하며, 여성은 손가락과 손 관절에, 남성은 엉덩이 관절에 잘 생긴다.

골관절염의 주된 증상인 관절통은 관절을 사용한 후 통증이 악화되고 휴식을 취하면 통증이 사라지는 특징이 있다. 관절의 뻣뻣함, 관절 마찰음, 관절 강직 등이 흔히 나타나는 동반 증상 중 하나다. 처음에는 경미한 관절통이 가장 흔하며, 이 통증은 춥거나 습기가 많은 날씨에 악화되기도 하고, 운동 시 피로감을 호소하고 관절이 붓거나 관절 주위의 통증을 호소하기도 한다. 일부 관절에서는 뻣뻣함과 마찰음을 느낄 수도 있으며, 이런 증상은 서서히 진행되지만 간혹 어느 정도 좋아졌다가 나빠지기도 한다.

약 복용과 수술 ∘∘ 골관절염의 통증을 줄여주기 위해 흔히 진통소염제가 사용되나 위장관에 대한 부작용이 자주 나타나 사용에 주의해야 한다. 지속적인 통증이 있고 약물치료에 잘 반응하지 않는 경우는 관절경을 이용하여 관절 내 일부 조직을 제거하는 수술을 고려할 수 있으며, 무릎 관절과 엉덩이 관절에 심한 골관절염이 있어 참을 수 없는 통증이 지속되고 보행이 힘들 경우는 인공관절 수술을 시행하기도 한다.

생활습관과 신발 ∘∘ 골관절염 환자가 통증을 줄이고 편안한 생활을 유지하기 위해서는 몇 가지 생활습관을 바꾸는 것이 중요하다. 예를 들어 뚱뚱한 사람은 체중을 줄여 관절에 가해지는 부담을 덜어주고, 관절에 무리가 되는 활동을 할 때는 1~2시간 간격으로 반드시 휴식을 취해야 한다. 또한 하지 골관절염 환자는 쪼그려 앉거나 양반다리 자세를 피하고, 계단 보행이나 경사가 심한 곳의 등산은 피해야 하며, 신발에는 쿠션이 있는 안창을 까는 것이 좋다.

최근 바닥이 둥근 신발을 착용하는 경우가 많은데 이런 신발은 심한 발목 관절염 등으로 인해 발목 관절의 운동범위가 줄어든 환자를 제외하고는 큰 도움이 되지 않고, 고르지 못한 바닥이나 경사로 보행 시 안전에 문제가 있어 낙상 등의 위험을 가중시킬 수 있다.

운동 ∘∘ 골관절염 환자의 운동요법으로는 관절이 움직일 수 있는 범위를 증진시키는 운동과 스트레칭(유연성) 운동이 기본적으로 병행되어야 하며, 근력 강화 운동 및 걷기, 자전거 타기, 수중 운동 및 수영 같은 유산소 운동 등이 필요하다.

관절의 운동범위 증진 운동과 스트레칭 운동은 관절이 움직일 수 있는 전체 운동범위를 천천히 움직여 줌으로써 관절 주위의 근육이나 인대가 부드럽게 늘어나며 탄력성을 유지할 수 있게 도와주고, 관절 구축을 예방하거나 개선하여 일상생활 동작과 보행에 도움을 준다. 관절의 운동범위를 증진시키는 운동과 스트레칭 운동은 한 번 할 때 15~30초가량 천천히 움직여 주고, 한 세션에 3~5회 실시하며, 1일 2~3세션 시행하는 것이 좋다.

근력 강화를 위해서는 다양한 운동이 시행될 수 있는데, 관절 통증이 심한 경우는 등척성 운동을 시행하는 것이 좋다. 등척성 운동은 관절을 움직이지 않고 관절 주위의 근육을 수축시키는 운동이다. 근력 강화에는 효과가 조금 떨어지기는 하나 관절 통증을 유발하지 않고 근력을 유지할 수 있는 방법으로, 골관절염 환자에게 흔히 권장된다. 등척성 운동은 5~10초간 근육을 수축시키고 이완시키는 행위를 10~20회 반복하며, 1일 2~3세션 시행하는 것이 좋다.

관절 통증이 없는 골관절염 환자의 경우는 등장성 운동을 실시한다. 손쉬운 방법으로 하지의 근력 강화를 위해서는 모래주머니 등을, 상지의 근력 강화를 위해서는 아령 등을 사용하여 시행할 수 있다. 등장성 운동은 적당한 무게의 모래주머니나 아령을 이용하여 저항을 주며 움직일 수 있는 전체 관절 운동범위를 움직여 근육의 수축 및 이완을 자연스럽게 유도하는 방법이다. 등척성 운동의 경우와 마찬가지로 천천히 5~10초간 근육을 수축시키고 이완시키는 행위를 10~20회 반복하며, 1일 2~3세션 시행하는 것이 좋다.

골관절염 환자는 근지구력과 심폐 기능을 증진시키는 것

도 매우 중요한데, 팔을 크게 흔들며 조금 빠른 속도로 걷는 운동이 효과적이며 손쉬운 방법으로 권장된다. 통증이 심한 경우는 체중 부하를 줄일 수 있는 수중 운동이 도움이 되며, 통증이 없는 경우는 자전거 타기 등이 권장된다. 이런 운동은 하루 30~60분 실시하는 것이 좋고, 일주일에 적어도 4일 정도 규칙적으로 실시하는 것이 바람직하다.

골관절염은 대부분 관절과 그 주위 조직의 퇴행성 변화에 기인하므로 정도 차이는 있으나 누구에게나 발생하는 질환이다. 따라서 한 가지 방법이 아닌 적절한 약물치료, 생활습관 개선, 올바른 운동 등 다양한 방법을 통해 통증을 줄이고 관절 및 근육의 기능을 유지하는 것이 골관절염의 예방, 치료, 재활에 중요하다.

디스크 바로 알기

⟨decorative divider⟩

　내게 오는 환자 중에는 장시간 컴퓨터 작업을 한 뒤 목과 어깨 주위 근육통을 호소하는 경우가 종종 있으며, 경우에 따라서는 두통이나 팔 통증을 함께 호소하기도 한다. 또 가벼운 달리기를 하고 난 뒤 요통과 함께 다리 통증을 호소하는 환자도 많다.

　이런 경우 대부분의 환자는 목이나 허리 디스크 질환으로 생각하여 여러 병원을 전전하며 검사와 치료를 받는다. 환자와 일부 의사들이 선호하는 MRI(자기공명 영상촬영)나 CT(컴퓨터 단층촬영) 검사를 하면 대부분 디스크(추간판)의 팽윤이나 후방 탈출이 관찰된다. 그러면 환자는 본인에게 나타나는 모든 증상이 디스크 질환에 의한 것이라 생각하고 스스로 디스크 환자라고 굳게 믿는다.

그러나 척수에서 팔다리로 내려가는 신경뿌리가 눌리는 경우는 그리 많지 않다. 신경뿌리가 내려가는 통로가 의외로 넓어서 디스크가 조금 후방으로 탈출되더라도 신경뿌리를 누르는 경우가 많지 않기 때문이다. 이런 증상의 대부분은 목과 허리 부근 근육에서 발생한 근육 질환이며, 디스크 질환에 의한 경우는 전체의 10% 이하로 알려져 있다.

우리 몸의 근육이 수축함으로써 어떤 일을 잘 수행하려면, 수축 후 일정 기간 동안 근육의 이완이 일어남으로써 근육이 작용하는 데 필요한 에너지 공급이 원활하게 이루어져야 한다.

겨울철에 같은 자세로 오랫동안 움츠리고 있거나, 늘 긴장된 상태에서 작업을 수행하거나, 단순한 작업을 반복적으로 수행하면 근육이 피로해지며 근육이 수축한 상태에서 오랫동안 머물게 된다.

이런 경우 근육의 일정한 부위에 '통증유발점'이 나타나며, 통증유발점 주위로 딱딱한 근육 밴드가 형성되어 심한 근육통을 유발하고, 주위 관절의 운동범위를 제한하여 일상생활을 수행하는 데 장애를 초래한다. 근육에 가해지는 반복적인 작은 충격이나 긴장에 의해 발생하는 이런 근육통을 흔히 '근막통 증후군'이라고 하는데 근막통 증후군이 발생하면 그 근육뿐만 아니라 주위의 다른 부위에도 연관통이 발생한다.

어깨관절 주위 근육에 근막통이 발생하면 두통이나 손 저림 등의 증상이 나타날 수 있고, 허리나 엉덩이 주위 근육에 근막통이 발생하면 무릎이나 발목에까지 연관통이 나타날 수 있어 흔히 디스크라 불리는 추간판 탈출증(신경뿌리병증) 등의 질환으로 오해할 수 있다.

디스크 질환의 경우는 팔과 다리에 방사통과 더불어 감각 저하나 근력 약화가 발생하고, 각종 신경학적 반사의 저하나 항진이 관찰된다. 또한 이런 방사통은 근육 질환에서 관찰되는 연관통과 달리 목과 허리에서 나오는 신경뿌리가 지배하는 부위와 일치하여 나타나 구별할 수 있다.

그러나 환자들은 근육 질환에서 나타나는 연관통과 디스크 질환인 신경뿌리병증에서 나타나는 방사통을 구별할 수 없어 목과 허리 통증과 함께 팔다리 통증이 발생한 경우는 모두 디스크 질환으로 오해할 수 있다.

예방 및 치료 ∘∘ 근막통 증후군을 예방하거나 치료하려면 긴장 속에서 반복되는 작업을 피해야 하며, 불가피하게 같은 자세로 오랫동안 작업할 경우는 적어도 1시간에 5분 정도 근육 스트레칭이 필요하다. 손쉬운 방법으로는 맨손체조를 2회 정도 반복하는 것이다. 이런 신장 운동으로도 근육통이 해결되지 않는다면 근육이완제나 소염제 등을 복용하거나 찜질 등 물리치료를 시행할 수 있다.

또한 흔히 사용되고 효과적인 치료로 간단한 주사요법이 있다. 통증유발점을 찾아 생리적 식염수나 국소마취제 등을 주사함으로써 통증유발점을 기계적으로 파괴하는 방법으로, 신속한 치료 효과를 기대할 수 있다. 이런 주사요법 후 주사요법의 효과를 증대시키고 재발을 방지하기 위해서는 근육에 대한 스트레칭이 필수적이다.

근육통을 근본적으로 예방하려면 매사에 여유를 갖고 긴장을 줄이며, 반복되는 작업이나 고정된 자세를 오랫동안 지속하지 말고, 적당한 근육 신장 운동을 지속적으로 수행해야 한다.

무릎 통증 없애기

∽⌒⌒∽

　　내가 살고 있는 아파트 단지는 언덕 위에 있고, 더구나 우리 동은 단지 맨 위쪽에 있다. 가끔 아파트 입구에서 걸어 올라가려면 힘들 때가 있다. 전에는 별 무리 없이 올라갔는데 요즘은 중간에 잠깐 쉬었다 올라가기도 한다.

　　오늘도 내 앞에 지팡이를 짚고 올라가는 할머니가 있어 그 뒤를 천천히 따라가며 보니 할머니 무릎이 O자로 휘어 있다. 생전의 어머니를 보는 듯했다.

　　내 진료실에는 무릎 통증으로 방문하는 환자가 제법 많다. 수술치료가 필요하지 않은 환자는 운동치료를 교육하거나 생활습관 교정 등을 권유하고, 통증이 심한 경우는 약물치료나 주

　　　　　　　　　　　Dr. 고_건강, 운동 이야기

사치료를 병행하기도 한다.

생전의 어머니도 무릎관절염으로 내게 주사치료를 몇 번 받으신 후로는 별다른 통증을 호소하지 않으셨다. 하지만 어머니가 다른 병원에서 추가로 주사치료를 받으셨다는 사실을 알았는데 그 이유는 내 주사치료가 아파서였다는 것이다. 내 나름은 관절주사를 통증 없이 잘 시행한다고 자부하고, 많은 환자들도 그런 이야기를 해주었는데 당혹스러웠다. 그 후로 주사치료 시에는 좀 더 신중을 기했다.

무릎관절의 경우 관절 위쪽은 대퇴골, 아래쪽은 경골과의 접촉으로 이루어져 있으며, 그 주위에 많은 근육과 인대들이 어우러져 관절을 안정되게 유지하고 있다. 또한 무릎관절을 이루는 대퇴골과 경골의 말단 부위는 연골이 감싸고 있어 뼈를 보호해 주고, 무릎관절 내에는 반월판상 연골이 있어 관절에 가해지는 충격을 흡수해 준다.

퇴행성관절염은 연골이 손상되거나 퇴행성 변화로 관절 간격이 좁아지고 염증과 통증이 발생하는 질환이다. 관절염이 진행되면 계단을 내려가거나 경사진 비탈길을 내려갈 때 심한 통증을 호소하거나 일상생활에 어려움이 있을 수 있고, 관절 변형이 나타날 수 있다. 걷거나 서 있을 때 체중의 부하가 무릎 안쪽으로 쏠리는 경향이 있어 주로 무릎 안쪽 연골의 변성이 많이 일어나므로 다리가 'O자형'으로 휘는 경우가 많다.

처방 ∘∘ 무릎 통증이 심한 경우는 아세트아미노펜(타이레놀) 같은 진통제나 비스테로이드성 소염진통제를 사용할 수 있고, 염증을 완화시키기 위해 히알우론산 제제나 부신피질호르몬 제제를 관절 내에 주사할 수 있다. 최근에는 조직 수복 생체 재료인 폴리뉴클레오티드 나트륨 주사나 줄기세포 주사 등도 활용되고 있다. 그러나 무분별한 주사치료는 관절의 변성을 가속시킬 수 있어 약제의 용량과 용법을 철저히 지켜야 하고, 줄기세포 주사는 치료 효과 등에 아직 많은 문제점이 있어 신중을 기해야 한다.

예방 및 치료 ∘∘ 약물치료나 주사치료와 함께 관절 주위 근육, 특히 대퇴사두근의 근력 강화 훈련이나 걷기 등의 유산소 훈련도 통증 완화에 도움을 줄 수 있다. 또 계단이나 경사로 보행을 자제하고, 쪼그려 앉는 것을 피하는 등 생활습관의 변화도 통증 완화에 좋다.

간혹 신발 뒤꿈치의 바깥쪽을 높여주는 외측 쐐기 깔창을 사용하면 무릎 안쪽으로 과도하게 쏠리는 체중 부하를 바깥쪽으로 분산시킴으로써 관절의 변형을 줄이고 통증을 완화하는 데 도움을 줄 수 있다. 관절 변성이 심하거나 통증이 잘 조절되지 않는 경우는 관절경을 이용한 간단한 연골 수술, 경우에 따라서는 인공관절치환술을 시행할 수도 있다.

어깨가 아파요

최근 어깨 통증을 호소하며 진료실을 방문하는 환자가 많이 늘었다. 아마도 건강을 위해 다양한 스포츠를 즐기는 인구가 증가하며 근골격계 환자가 많아진 것 같다.

대부분의 환자가 치료에 만족하고 일상으로 돌아가는 모습을 보며 의사로서 보람을 느끼던 중, 어느 날부터 내 오른쪽 어깨가 몹시 아파 움직이기가 어렵고 오른쪽으로 누워 자기도 힘들어졌다. 물리치료와 약물치료를 받았으나 통증이 남아 있어 유능한(?) 전공의를 불러 주사치료를 받았다. 교수 어깨에다 주사를 놓은 전공의가 큰 부담을 느꼈을 것으로 생각돼 효과가 좋았다고 이야기했지만 주사 후에도 통증이 없어지지는 않았다.

그럭저럭 통증을 참으며 지내던 중 병원 성지순례에 참가하여 성모 발현 100주년이 되는 포르투갈 파티마 성지를 방문했다. 낮에 파티마 성지를 순례하며 열심히 기도를 드린 후 잠자리에 들어 그런지 편안한 마음으로 잠을 청했다. 아침에 눈을 뜨니 아내가 어떻게 오른쪽으로 누워 잤느냐고 물었고, 오른쪽으로 누워 있어도 전혀 불편하지 않은 나 자신이 몹시 신기했다.

내 이야기를 들은 신부님이 치유의 은사가 일어났다고 말씀하셨고, 그날 이후 어깨 통증이 감쪽같이 사라져 지금까지 잘 지내고 있다.

어깨 통증을 해결하기 위해 매번 포르투갈 여행을 가기에는 어려움이 있을 것 같아 어깨 통증을 유발하는 질환에 대해 간단하게 알아보려고 한다.

어깨관절은 관절을 구성하는 견갑골과 상완골이 접하는 관절면이 작아 회전(내회전과 외회전), 안쪽과 바깥쪽으로 들기(내전과 외전), 앞쪽과 뒤쪽으로 들기(굴곡과 신전) 등 모든 방향으로 다양한 운동이 가능하고, 그 운동범위가 매우 넓어 상하지의 다른 관절에 비해 매우 불안한 관절 중 하나다.

이런 취약점을 보완하기 위해 어깨관절 주위에는 많은 근육과 인대가 복잡하게 얽혀 있다. 이렇게 복잡하게 얽혀 있는 근육과 인대에 다양한 문제가 발생할 수 있으며, 문제가 발생하면 가장 먼저 나타나는 증상이 통증이다. 이런 통증으로 인해 어깨 움직임이 제한되면 사람들은 흔히 오십견이라 생각하고, 오십견은 한 50세에 한 번쯤 앓고 지나가는 질환이라 치부하는 경향이 있다.

오십견은 대부분 퇴행성 변화에 따라 어깨관절을 둘러싸고 있는 관절낭의 유착에 의해 통증과 함께 어깨관절의 운동 범위가 제한되는 질환이다. 특히 팔을 옆으로 올리거나 뒷짐을 지는 동작이 제한되고, 이런 방향으로 움직일 때 심한 통증이 유발된다.

그러나 어깨관절의 해부학적 특성으로 인해 어깨 통증은 어깨관절이 유착되어 운동 제한이 나타나는 질환인 '유착성 견관절낭염(오십견)'보다는 관절 주위의 근육 질환, 인대 손상, 활액낭염 등의 문제로 발생하는 경우가 대부분이다.

팔을 사용하는 노동이나 스포츠 활동 후 어깨 통증을 호소하는 경우가 많은데 이런 경우는 대부분 어깨관절을 둘러싸고 있는 회전근개 파열(또는 회전근개 증후군), 어깨 봉우리 아래 활액낭염, 이두박근 건염, 견봉-쇄골 관절염, 삼각근 근막통 증후군 등 오십견과는 다른 질환인 경우가 많다.

이런 질환들은 오십견과는 달리 특정한 운동 방향에서만 통증을 느끼고, 특정한 부위에 압통을 호소하기는 하나 관절의 운동범위에 제한은 나타나지 않는다. 그러나 어깨 통증을 오랫동안 방치했을 경우는 어깨관절낭 유착에 의한 관절의 운동범위 제한이 동반되며, 오십견과의 구별이 어려워진다.

평상시 어깨 통증 예방을 위해 어깨관절 주위 근육에 대한 규칙적인 스트레칭이 필요하며, 어깨 통증의 부적절한 초기 치료로 질병을 악화시키는 경우가 있어 어깨 통증에 대한 조기 진단과 적절한 치료가 중요하다.

올바른 목욕법

우리나라 사람은 남녀노소 가리지 않고 찜질방과 사우나에 즐겨 간다. 동서고금을 통해 목욕은 중요한 질병 치료법의 하나로 알려져 왔고, 목욕과 함께 습식 사우나인 터키식 사우나와 건식 사우나인 핀란드식 사우나가 많은 사람의 사랑을 받고 있다. 그러나 무분별한 목욕 습관이 화를 부를 수도 있어 목욕 시 몇 가지 원칙을 소개하고자 한다.

따뜻한 목욕은 혈관을 확장시켜 줌으로써 몸의 부종을 흡수하고, 쌓여 있는 노폐물의 배설을 촉진함은 물론 통증에 대한 역치를 높여 주거나, 근육의 연축을 개선하고 엔도르핀 등의 호르몬 분비를 촉진함으로써 진통에 효과적이라고 알려져 있다. 또한 결합조직이 유연해지고 신장도가 증가되어 운동치료 전 따뜻한 목욕은 치료 효과를 높일 수 있다.

그러나 체온을 올리거나 대사를 촉진하는 목욕이나 사우나가 일부 환자에게는 역효과를 초래할 수 있으므로 세밀한 주의가 필요하다.

피부 온도가 1°C 상승하면 대략 10% 정도의 대사량이 증가되어 당뇨병, 만성 신부전증, 고혈압, 갑상선 질환, 폐결핵 등 만성 소모성 질환을 앓고 있는 환자는 장시간의 목욕으로 탈진할 수 있고 위험한 지경에까지 이를 수 있다. 또한 장시간 운동을 한 경우나 여행 등으로 탈진한 상태에서는 오랫동안 목욕을 하는 것보다는 간단한 샤워 등으로 피로를 해결하는 것이 바람직하고, 몸 전체를 담그는 방법보다는 족욕 등을 선택하는 것도 하나의 방법이 될 수 있다.

많은 사람이 온냉 교대욕을 선호하는데 이것은 진통 작용과 혈액순환 촉진에 보다 효과적인 방법이기는 하나 올바른 방법으로 시행하는 것이 매우 중요하다.

우선 온수는 약 43°C 이상, 냉수는 약 15°C 이하를 넘지 말아야 하며, 총 목욕 시간은 30분을 넘기지 말고, 온수에서 시작하여 온수에서 끝내야 한다(냉수에서 끝내는 방법도 사용됨.). 온냉 교대욕 시행 시 첫 온수욕은 10분 정도 실시하며, 다음 냉수욕 1분, 온수욕 4~5분을 3~4회 반복하는 것을 원칙으로 한다.

목욕 시 주의해야 할 점에 대해서도 숙지해야 하는데, 급성기 외상이나 수술 후 48시간 이내에 온열을 주게 되면 혈관 확장으로 오히려 부종 형성이 촉진되므로 이 시기의 온열치료는 피하는 것이 좋다. 또한 혈관 질환으로 혈액순환 장애가 있거나 출혈성 질환이 있는 환자, 말초신경 질환으로 감각신경 마비가 있는 환자 등도 목욕 시 주의를 요한다.

테니스 엘보와 골퍼스 엘보

～○

"이렇게 팔이 아파도 운동할 수 있나요?"

팔 통증을 호소하며 진료받던 환자가 질문을 한다.

"어떤 운동을 하시는데요?"

"골프요."

십중팔구 이렇게 대답하는 것으로 보아 예전과 다르게 골프라는 운동을 많은 사람이 즐기는 것 같다.

이런 경우 내 대답은 비슷하다.

"이 정도 아픈 걸로 골프를 못 치면 우리나라에서 골프 칠 사람 몇 명 안 됩니다."

그러면 환자들의 표정이 진료실에 들어올 때와는 달리 밝아진다. 프로선수가 아닌 주말 골퍼라면 대부분 간단한 치료와 적절한 자가 운동을 통해 통증 없이 주말 운동을 즐길 수 있다.

팔 통증을 호소하는 환자 중 팔목 안쪽 또는 바깥쪽 볼록 튀어나온 뼈 부분의 통증을 호소하며 외래를 찾는 경우가 많다. 흔히 안쪽이 아픈 경우는 '골퍼스 엘보'라 부르고, 바깥쪽이 아픈 경우는 '테니스 엘보'라 한다.

안쪽 뼈 부분(상완골 내측 상과)에는 손목을 굴곡(손바닥 쪽으로 구부리는 행위)시키는 근육이 기시하고, 바깥쪽 뼈 부분(상완골 외측 상과)에는 손목을 신전(손등 쪽으로 구부리는 행위)시키는 근육이 기시하는데 골프를 칠 때는 손목 굴곡근을 많이 사용하고, 테니스를 칠 때는 손목 신전근을 많이 사용하게 되어 이런 근육들이 기시하는 부분에 상과염이 발생하게 된다.

이런 내측 상과염이 골퍼스 엘보이고, 외측 상과염이 테니스 엘보인데 두 경우 모두 근육을 과도하게 사용하는 운동이나 노동을 통해 언제든 발생할 수 있고, 처음 발병했을 때 온전한 치료를 시행하지 않으면 심한 통증과 잦은 재발로 고생할 수 있다.

골퍼스 엘보와 테니스 엘보의 통증 부위가 팔목 부위인 관계로 흔히들 이런 질환이 팔목 부위를 많이 사용하여 발생하는 것으로 알고 있으나 팔목보다는 손목의 신전과 굴곡 운동을 많이 한 경우에 발생한다. 주부들의 가사노동 중 많은 부분이 손목을 사용하는 노동이고, 아기 돌보기, 컴퓨터 자판기 사용, 글쓰기 등도 손목을 많이 사용하므로 골프나 테니스를 치지 않는 주부나 학생에게서도 흔히 발생한다.

이런 질환이 발생하면 우선 원인이 되는 행동을 금지하는 것이 중요한데 현실적으로 이런 행동을 모두 금지하기란 쉽지 않다. 따라서 팔목 부위에 통증이 발생하면 의사의 진찰과 초음파 검사 등을 통해 정확한 진단을 받고, 휴식(손목의 굴곡 및 신전 운동 금지)과 함께 소염제 복용이나 찜질 등의 물리치료를 시행하는 것이 좋다.

이런 보존적 치료로도 치료가 되지 않는 경우는 부신피질호르몬제(스테로이드)를 주사할 수 있는데, 대부분 매우 효과적이다. 그러나 반복되는 부신피질호르몬제 주사치료는 근육 위축, 인대나 건 손상 등을 초래할 수 있어 주사치료를 시행하는 횟수와 간격 등에 주의를 기울여야 한다.

부신피질호르몬제 주사치료에 실패한 경우는 증식치료를 시도할 수 있는데 다양한 증식제(흔히 고농도 포도당액 사용)를 주사하여 상완골 내·외측 상과에 기시하는 근육과 건 등을 강화시킴으로써 통증을 조절하고 재발을 줄일 수 있다.

최근에는 '혈소판 풍부 혈장(Platelet Rich Plasma, PRP) 치료'가 효과적인 의료 행위로 인정받아 시행되고 있다. PRP 치료는 환자의 혈액을 30cc 정도 채혈하여 원심분리기로 처리한 뒤 혈소판이 많이 포함돼 있는 혈장 3cc가량을 병소 부위에 주사하는 방법이다. 특별한 부작용 없이 테니스 엘보나 골퍼스 엘보를 치료하는 데 유용한 방법으로 알려져 있다.

적절한 치료 후 통증이 사라지면 재발을 예방하기 위한 근육 강화 운동이 중요한데, 평상시 가벼운 아령이나 반대편 손을 이용하여 손목의 굴곡근과 신전근의 근력 증진 운동을 간단하게 시행할 수 있다. 근력 강화 훈련과 함께 중요한 것은 운동 전후에 실시하는 근육 신장 운동이며, 충분한 신장 운동을 통해 근력 강화를 배가할 수 있고, 즐겁게 주말 골프를 즐길 수 있다.

편한 신발 고르기

⁓∾⁓

맨발로 대지를 누비던 사람들에게는 발 질환이 그리 흔하지 않았다. 사람의 발은 지구의 자연환경과 조화를 잘 이루며 그 역할을 충실히 이행했다. 그러다 자연환경 변화에 따라 발을 보호하기 위해 신발을 신기 시작했으나 신발이 본래의 역할을 벗어나 신분 상징이나 아름다움의 표현을 위해 이용되면서 발의 수난이 시작되었다.

중세 서양에서는 신발 높이가 높을수록 높은 신분으로 인정되어 굽 높은 신발을 신었으며, 굽 높이가 30cm에 이르는 신발도 있었다. 중국에서는 귀족 여인들이 전족(Lotus foot, 길이가 10cm 정도 되는 작은 신발을 착용하여 변형된 발)을 만들어 발을 제2의 성(性) 기관으로 사용하기도 했다.

Dr. 고_건강, 운동 이야기

요즘 가장 건강한 신발로 알려진 운동화는 19세기 말 한 타이어 회사에서 만든 것으로 알려져 있다. 아메리카 원주민이 전쟁할 때 고무나무에 상처를 내고 고무액이 흐르는 곳에서 춤을 추면서 고무 진액을 자연스럽게 발에 묻힌 뒤 소리 없이 적진에 침투하는 것을 보고 타이어를 만들고, 남은 고무 제품으로 신발을 만든 것이 운동화라고 한다. 즉 '살금살금 몰래 움직이다'라는 'sneak'에서 스니커스(sneakers, 운동화)가 되었다고 한다.

그러나 하이힐 같은, 기능보다는 미용 목적으로 만들어진 신발이 유행하면서 발의 수난이 시작되었고, 근래 발생하는 발 질환의 반 이상은 잘못된 신발 착용에 의해 야기된다 해도 과언이 아니다. 그러므로 멋지고 아름다운 신발을 장기간 애용한 중년 여성에게서 발 질환이 많은 것은 우연이 아니라고 생각된다.

발 질환을 일으킬 수 있는 신발을 소개하면 다음과 같다.

보통 뒷굽 높이가 3인치(약 7.5cm) 이상인 구두를 '하이힐'이라 한다. 이 하이힐은 걷는 과정에서 발생하는 구두 앞부분의 주름이 생기지 않아 오래 신어도 예쁜 구두 모양을 유지할 수 있다. 또 이용하는 여성의 종아리와 엉덩이가 튀어나오며 허리가 잘록하게 보여 관능적인 외모를 자랑할 수 있으므로 많은 여성이 애용한다.

그러나 하이힐을 오래 신을 경우 아킬레스건의 단축을 초래할 수 있다. 아킬레스건 단축은 모든 발 질환의 어머니로 불릴 만큼 다양한 발 질환을 일으키는 원인이므로 하이힐과 굽이 낮은 단화를 교대로 이용하면 아킬레스건 단축을 예방할 수 있다. 좀 더 적극적인 방법은 적어도 하루 5회 정도 아킬레스건 신장 운동(정확히는 종아리 근육 신장 운동)을 실시하는 것이다.

볼이 좁은 신발도 많은 발 질환을 유발하는데, 특히 무지외반증(엄지발가락이 둘째발가락 쪽으로 휘는 증상), 모르톤 신경종(발가락으로 가는 지간신경이 눌려 발가락 통증을 유발하는 질환으로 특히 셋째-넷째 발가락 사이에 흔히 발생함.), 굳은살(티눈) 같은 발 질환의 대부분은 좁은 신발 때문에 발생한다. 이들 질환이 발생한 뒤에는 통증을 없앨 수는 있으나 이미 나타난 발 변형은 대개 호전되지 않는다. 볼 넓은 신발로 바꿔 신더라도 말이다. 그러므로 발 질환에 있어 치료보다는 예방이 매우 중요함을 알 수 있다.

다음으로는 길이가 짧은 신발도 여러 가지 발 질환을 유발할 수 있다. 대표적인 질환으로는 발가락 변형(망치 족지 등), 아킬레스건염, 후종골 활액낭염 등이 있다. 이들 질환도 이미 변형이 발생한 뒤에는 치료가 어려우므로 사전에 자신에게 맞는 신발을 선택하는 것이 중요하다.

누군가에게 특정한 신발이 편안하다 하여 모든 사람에게 그 신발이 편안할 수는 없다. 주위를 보면 효도 신발, 건강 신발이라 하며 신발을 남용(?)하는데 이런 부화뇌동식 신발 선택이 발 질환의 원인임을 알아야 한다.

또한 발 모양을 그대로 본떠 만들었다 하여 편안할 것 같은 신발도 막상 신어 보면 불편한 경우가 많다. 보행 시에는 신발 안에서 발 위치가 수시로 변하므로 움직이지 않는 상태에서 본을 떠 만든 신발이 불편한 것은 당연하며, 이때는 보행 시 발의 움직임을 정확히 파악하여 신발 내부에 약간의 변형을 가해 주어야 편안한 신발이 될 수 있다.

발 질환이 없는 사람은 다음의 몇 가지 원칙에 따라 신발을 선택하면 신발로 인해 발생할 수 있는 발 질환을 예방할 수 있을 것이다.

첫째, 오후에 신발을 구입한다. 오전보다 오후에 상대적으로 발이 커지기 때문이다.

둘째, 10~20분쯤 걷고 난 뒤 신발을 구입한다. 걷고 난 후에는 역시 발이 커지기 때문이다.

셋째, 자신의 발보다 엄지손가락 두께 정도 더 긴 신발을 구입한다.

넷째, 발 전체 길이보다 중족골두 길이(발뒤꿈치에서 발볼이 가장 넓은 중족골두까지 길이)가 더욱 중요하다. 발 길이가 같더라도 중족골두 길이가 다를 수 있으며, 중족골두 길이가 맞지 않으면 발에 여러 가지 변형이 발생한다.

다섯째, 안창이 벗겨지는 신발이 좋다. 안창이 벗겨지면 우선 신발 크기를 측정하기가 편리하다. 벗겨진 안창 위에 서 있을 때 안창 밖으로 발이 벗어나지 않고, 발 앞부분보다 안창이 엄지손가락 두께 정도 더 긴가를 관찰할 수 있다. 또한 안창이 벗겨지는 신발은 대개 신발 안쪽을 잘 만든 경우가 많다.

여섯째, 대체로 신발 내측 면이 일자형인 것이 좋다. 발 질환이 없는 경우는 관계가 없으나, 많은 발 질환이 종아치에 문제가 발생하므로 신발 내측 면이 일자형이면 통증을 줄일 수 있다. 간혹 갈퀴족(요족) 변형이 있는 경우는 신발 내측 면이 U자형으로 움푹 파인 것이 좋다.

일곱째, 화학 천보다는 가죽으로 된 신발이 좋으며, 여러 조각의 가죽이나 천으로 만든 신발은 피하는 것이 바람직하다.

여덟째, 할인 기간에 판매하는 운동화는 가급적 피한다. 운동화의 수명은 약 6개월 정도(800~1,000km 보행 가능)이며, 사용하지 않더라도 재질 변화가 초래돼 그 기능을 많이 상실하게 된다. 할인 기간에 판매되는 운동화는 대개 제작된 지 오래된 것으로, 기능에 문제가 있을 수 있다.

아홉째, 제작한 회사의 신발 사이즈를 믿지 말라. 회사별로 사이즈가 다르기 때문에 신발은 반드시 신어 보고 구입하도록 한다.

Dr. 고_건강, 운동 이야기